夜半撞车

Accident Nocturne

〔法〕帕特里克·莫迪亚诺 著
谭立德 译

人民文学出版社
PEOPLE'S LITERATURE PUBLISHING HOUSE

著作权合同登记号　图字 01-2018-9064
Patrick Modiano
Accident Nocturne

图书在版编目(CIP)数据

夜半撞车/(法)帕特里克·莫迪亚诺著;谭立德译.—北京:人民文学出版社,2022
ISBN 978-7-02-017235-1

Ⅰ.①夜… Ⅱ.①帕…②谭… Ⅲ.①长篇小说—法国—现代 Ⅳ.①I565.45

中国版本图书馆 CIP 数据核字(2022)第 112555 号

责任编辑　黄凌霞
装帧设计　刘　静
责任印制　任　祎

出版发行　人民文学出版社
社　　址　北京市朝内大街 166 号
邮政编码　100705

印　　刷　三河市鑫金马印装有限公司
经　　销　全国新华书店等

字　　数　60 千字
开　　本　880 毫米×1230 毫米　1/32
印　　张　4.5　插页 3
印　　数　1—5000
版　　次　2005 年 1 月北京第 1 版
印　　次　2022 年 8 月第 1 次印刷

书　　号　978-7-02-017235-1
定　　价　38.00 元

如有印装质量问题,请与本社图书销售中心调换。电话:010-65233595

致中国读者

我很难对我的书谈些什么，既然我已经写了它。

我更愿意谈谈在我获知这本书要被译成中文时的感受。我觉得很幸福。还在孩提时代，我就十分向往这门语言；那些方块字总是令我很着迷，而且，想必我把这种痴迷传给了我的女儿，她为了学习中文，曾在北京生活了很长一段时间。

也许，这本书的中译本，具有比法语原著更多的神秘色彩和奇特意味；这种神秘和奇特正是我在撰写本书时想要赋予它的。如果这个心愿得以实现，那么，这不仅仅归功于我自己，更应归功于中文这门美妙的语言。

译者前言

帕特里克·莫迪亚诺是获奖最多的犹太裔法国作家。他出生于一九四五年，父亲是商人，母亲是演员，两人常年在外忙碌，对孩子少有关注和爱护。因此，与莫迪亚诺相依为命的兄长早年夭折后，他便在孤寂和郁闷中度过了童年和少年。

莫迪亚诺弱龄早慧，十岁就会写诗，十四五岁就试笔写作小说。中学毕业后进入索邦大学，在预科上了一年便辍学，专心从事文学创作。

一九六六年，年仅二十一岁的帕特里克·莫迪亚诺完成了处女作《星型广场》，反映犹太人在二次大战中法国被占领时期的窘境。两年后，这部新颖独特的小说问世，名震一时。从此，莫迪亚诺便跻身于法国文坛翘楚之列，并成为"新寓言"派的一员骁将。《星型广场》和《夜巡》(1969)、《环城林荫大道》(1972)构成了他早期作品中最为著名的“占领时期三部曲”,这三部作品均获得法国文坛上的重要奖项,其中《星型广场》还同时获得两项文学奖。一九七八年发表的《暗店街》获得了当年的龚古尔文学奖。一九八四年和一九九六年,因他的全部作品而分别获得彼埃尔·摩纳哥基金会奖和法国国家文学大奖。

寻找、查询、调查、回忆、探求,是莫迪亚诺小说题材中的“主旋律”。在他的早期作品中,故事背景往往设置在第二次世界大战中法国被占领时期。主人公承受着沉重的生存压力,他们在险恶、恐怖、阴森的存在困境中“寻根”,他们在寻求自己的“身份”的同时,找寻解脱和慰藉,演绎着“寻找自我”的悲剧。进入二十世纪八十年代,莫迪亚诺小说创作的题材和寓意起了变化。作品的环境定位在上个世纪的六十年代,而寻找、探求的旋律发生了变奏。主人公追寻的大多是“失去的时光”,是对过去生活某一片段的回忆,阐释人的存在的悲怆性和渺小性,更多地宣泄了作家的怀旧情绪。

《夜半撞车》(2003)是他的第二十部小说,发表于他创作生涯三十五周年。小说以第一人称叙述,是年近花甲的叙述者对自己成年前几个月发生的往事的追溯。

深夜，一名孤独的青年在巴黎街头漫步时，被一辆湖绿色的“菲亚特”轿车撞倒。他与肇事车辆的车主，一位名叫雅克琳娜·博塞尔让的女子一起坐上警车，被送往医院。等他清醒时，却只身躺在一家诊所，这名女子已不见踪影，而他得到了一笔钱。为了弄清事实，离开诊所后，他按照一个不确切的地址，开始寻找、调查这位女子，那辆肇事的湖绿色“菲亚特”则成了他追寻中的最重要的线索。这位女子使他想起了另一名女子，湖绿色的“菲亚特”使他想起了一辆小型货车。整个寻找的过程又是一个回忆的过程。

小说描述了这位年轻人的寻觅、探求、回忆和反思。从左岸到右岸，在巴黎的大街小巷，他经历了一个个无功而返的夜晚，记忆起一幕幕早年生活的片断。最终，他找到了雅克琳娜·博塞尔让。一切都复归平静。

一如莫迪亚诺许多小说作品，《夜半撞车》发生的场景是在巴黎，有着十分确切的街名、位置和地形，赋予故事以真实感。随着叙述的展开，读者徜徉于巴黎的街头巷尾、塞纳河畔，出入于大小旅馆、饭店、咖啡馆，品味着这座城市所弥漫的独特的芬芳。

小说中的时间，有三个层面。第一个层面是小说的主体，撞车事件发生的时间，定位于二十世纪六十年代的某天深夜；另一个时间层面就是“我”叙述的现时；还有就是叙述所追溯的沉积在记忆深处的生活碎片。随着主人公的寻找、查询、探求、回忆，凸现出一个个生活片段，读者可以顺着他所提供的线索，与叙述者一起面对他少年时的颠簸，青年时的穷困，成年前的浑浑噩噩的生活，投入到故事中去。

莫迪亚诺的小说并没有什么情节，其真正的魅力并不在于故事本身，而是在故事所传递和调动的氛围。因而，评论界常常把他的小说称为“氛围小说”（roman d'atmosphère）。故事中常常设置悬念，提出疑问，套用侦探小说的手法，紧扣读者心弦，并通过氛围的渲染，来表现作品的寓意。

在《夜半撞车》这部小说中叙述的大多是夜里发生的事。撞车事件发生在深夜，而主人公的整个寻找过程也是在夜间，最终，又是在某个深夜找到了“我”要找的人，展现出六十年代夜巴黎的神秘。不仅如此，甚至，记忆深处被挖掘出的事情也大多发生在夜间，“我”同父亲在咖啡馆的约会，博维埃尔博士主持的讨论会；即使是在早晨或下午，也总是笼罩着一层薄雾，例如他父亲最后的消失，他一边等候女友，一边在浓雾中漫步的情景等等，整个叙事弥漫着团团迷雾，使得作品的基调呈现出灰色和黑色，飘荡着一股神秘莫测的气息。

在这样奇特的背景环境中，尽管作者对人物的描摹十分精确，如头发颜色，说话口音，脸部轮廓都极其清晰，但人物依然如谜一般不可捉摸。

然而，在莫迪亚诺的作品中，氛围的渲染只是表达作品寓意的铺垫。他运用虚实结合，真实和梦幻交替的手法，阐发作品深刻的寓意。“夜半撞车”是对一个长期以来无所事事，萎靡不振，犹如生活在黑暗中，“在浓雾中行进”的年轻人的一记当头棒喝。这名年轻人，“没有双亲，没有学业，没有社会地位”，似乎总是半睡半醒。作家笔下乙醚的作用，象征着他处于迷惘、不确定的生存境遇，撞车这一冲击把他从麻木、混沌的精神状态中唤醒，使他“重新开始生活”。而他联想起年幼时所遇到的撞车事故，则表述了作家本人对陌生的母爱的渴望。

莫迪亚诺在法国《新观察家》记者的访谈中坦然承认，小说中所描述的，父亲把儿子送到警察局，只因为儿子伸手向他要钱的这一细节，是他生活中难以磨灭的一幕。缺乏亲情，颠簸不定的寄宿生活，看上去如幽灵般的双亲，内心的焦虑、精神的躁动不安都是作家曾经历和感受的。但是，这并不是一部自传体小说。作家通过想象，把真实的元素重新组合。因为，在莫迪亚诺看来，只有求助于虚构，才能达到表述的精确度。当然，莫迪亚诺并不否认《夜半撞车》是他最具有自我虚构(autofictionnel)化色彩的小说。

显然，这部小说与作家以往的作品有所不同，小说中的寻求、探找不止于为了追忆往昔，为了抒发念旧情怀，更多的是思索人生的存在意义和价值。虽然，书中结尾处，作者并没有给出明确的结果，但“轻纱般的薄雾已然散尽”，人已冲破朦胧的黑夜，一切神秘似乎都是人的臆想。

确实，生活比人们想的要简单得多。

2004 年 10 月

给

道格拉斯

在我即将步入成年那遥远的日子里，一天深夜，我穿过方尖碑广场，向协和广场走去，这时，一辆轿车突然从黑暗中冒了出来。起先，我以为它只是与我擦身而过，而后，我感觉从踝骨到膝盖有一阵剧烈的疼痛。我跌倒在人行道上。不过，我还是能够重新站起身来。在一阵玻璃的碎裂声中，这辆轿车已经一个急拐弯，撞在广场拱廊的一根柱子上。车门打开了，一名女子摇摇晃晃地走了出来。拱廊下,站在大饭店门口的一个人把我们带进大厅。在他打电话给服务台时,我与那位女子坐在一张红色皮长沙发上等候。她面颊凹陷部分,还有颧骨和前额都受了伤,鲜血淋淋。一位棕色头发理得很短、体格结实的男子走进大厅,朝我们这儿走来。

外面,他们正围着那辆车门大开的轿车,其中一个人在记什么东西,仿佛在做笔录。正当我们登上警事应急队的车的时候,我发现左脚穿的鞋没有了。那位女子和我,我们并肩坐在木头长凳上。而那个壮实的棕发男子则占了我们对面的长凳。他抽着烟,时不时冷冷地瞅我们一眼。透过装了铁栅栏的窗玻璃,我看出我们正顺着杜伊勒里花园堤街而去。他们没让我来得及取回我的鞋,我想,它可能整夜就呆在那儿,在人行道中间。我糊里糊涂,再也不知道我刚才丢弃的究竟是只鞋子,还是一个动物,就是我童年时被车子碾死的那条狗,当时我住在巴黎郊区的居尔泽讷博士街。在我的脑子里,一切都搅和在一起,变得模糊不清。也许,我摔倒时伤着了脑子。我向那位女子转过身去。我很吃惊,她居然穿着一件毛皮大衣。

我想起来了,那正是冬天。而且,坐在我们对面的那位男子也穿着一件大衣,而我则穿着一件在跳蚤市场买到的这种旧的羊皮衬里上衣。她的毛皮大衣,当然,她不是在跳蚤市场买的。是水獭皮大衣?还是貂皮的?她看上去保养得很好,这与她脸上受的伤形成鲜明的对照。在我的羊皮衬里上衣口袋稍微往上一点的地方,我注意到有一些血迹。我左手手心有一块挺大的擦伤,衣服面料上的血迹,想必是从那儿来的。她站得笔挺,但是,脑袋却歪着,好像在注视地面上什么东西。也许是我那只没有穿鞋的脚。她留着半长的头发,在大厅的灯光下,我看她好像是位金发女子。

快到圣日耳曼-奥赛尔路,警车在沿河街道的红灯前停了下来。那个人一声不吭,继续冷眼依次观察我们俩。最终,我竟不由得产生了某种犯罪感。

交通信号灯还没有转为绿灯。在沿河街道和圣日耳曼-奥赛尔广场街角处的咖啡馆还亮着灯光,我的父亲曾约我在那儿见面。这正是逃跑的时机。也许只要请求这个坐在长凳上的家伙放我们一马就可以了。但是,我觉得我无法说出片言只语。他在咳嗽,是那种吸烟的人带痰的咳嗽声,我很吃惊,居然听见一种声音。自从发生撞车以来,我的周围是一片深深的寂静,仿佛我已经失去了听觉。我们顺着沿河街道而去。当警车驶上桥的时候,我觉察到她的手紧紧地握住我的手腕。她朝我微微一笑,好像要让我安心,但是,我并没有感到丝毫的恐惧。我甚至觉得,她和我,我们好像已经在别的场合相遇过,而且,她一直面带这样的微笑。我究竟在哪儿见过她呢?她使我想起某个很久以前认识的人。坐在我们对面的那名男子睡着了,他的脑袋在胸前摇来晃去。她把我的手腕抓得紧紧的,不一会儿,走出警车后,有人会用手铐把我们俩拴在一起。

过了桥,警车穿过一个门廊,在巴黎市立医院急诊部的院子里停下。我们坐在候诊室里,总是有那名男子为伴,我暗想他究竟是什么角色。是负责监视我们的警察吗?为什么呢?我很想向他提出这个问题,不过,我不用问,事先就知道他不会理睬我的。从那时起,我说话就**声音平淡**。在候诊室强烈的灯光下,我的脑子里浮现出这两个词。她和我,我们坐在接待办公室对面的一张长凳上。他则去同办公室里的一位妇女打交道。我与她靠得很近,感觉到她的肩头挨着我的肩头。他呢,他又回到长凳边上和我们有点距离的那个位置。一名红棕色头发的男子,光着脚,身穿一件皮茄克和一条睡裤,在候诊室里,一边不停地走来走去,一边冲着办公室的女人们大喊大叫。他斥责她们对他漠不关心。他很有规律地在我们面前走过,并且试图寻找我的眼睛。但是,我躲避他的目光,因为生怕他跟我说话。接待办公室的一名女子朝他走去，轻轻地把他推了出来。他又回到候诊室，这一回，他则怨声连连，发出长长的呻吟声，仿佛一头快要死去的狗。时不时，一个男人或女人，在治安警察的陪同下，迅速地穿过大厅，随即涌向我们对面的走廊。我寻思，这条走廊可能引向哪里，而且，过一会儿是否就轮到我们，有人会把我们俩推到那里去。有两名女子被几名警察簇拥着穿过候诊室，我明白，她们刚刚从囚车下来，也许就是那辆把我们带到这儿来的囚车。她们身穿毛皮大衣，同我邻座穿的那种一样考究，她们看上去也同样保养得很好。脸上没有受伤。但是，她们各自的手腕上都戴着手铐。

棕色头发的壮实男子向我们示意站起身来，他把我们带到大厅深处。我只穿着一只鞋子走路，感到很尴尬，我心想，最好把另一只也脱掉。我感觉那只没穿鞋的脚的踝骨处一阵剧烈的疼痛。

在我们来到之前，一位护士就已在小房间里了，里面有两张行军床。我们躺在床上。一位年轻男子走了进来。他身着白大褂，留着络腮胡子。他仔细看了病历，并询问她的姓名。她回答道：雅克琳娜·博塞尔让。他也问了我的姓名。他细细察看我那只没有穿鞋的脚，然后，把我的裤腿撩到膝盖处，观察我的腿。她呢，那位护士则帮她脱下大衣，并且用棉花擦洗她脸上的伤口。然后，他们走了，留下一盏点亮的小长明灯。房间的门敞开着，另一个人在走廊的灯光下踱来踱去。他像节拍器那样有规律地重复出现在门框那儿。她伸着身子躺在我身旁，毛皮大衣像一条被子那样盖在她身上。在两张床之间，大概连放一张床头柜的位置也没有。她向我伸出手臂，紧紧抓住我的手腕。我想起刚才那两名女子戴的手铐，于是，我又一次暗自思量，他们最终也要给我们戴上手铐的。

他已经不再在走廊里踱来踱去。他低声地同护士说话。护士走进房间，身后跟着那位长络腮胡子的年轻人。他们开了灯。他们站在我床边。我向她转过身去，她在毛皮大衣下，耸了耸肩，仿佛要告诉我，我们已经中了圈套，而且无法脱身。棕色头发的壮实汉子在门框那儿一动不动，两条腿微微叉开，双臂交叉在胸前。他一直盯住我们。假定我们企图走出这个房间，他一定准备好拦阻我们。她又一次朝我微笑，她的微笑如同刚才在囚车里那样略带讽刺意味。我不知道为什么，这微笑使我感到不安。那个留着络腮胡子，身穿白大褂的家伙向我弯下身子，在护士的帮助下，他把一个大大的类似黑色嘴套的东西放在我鼻子上。在我失去知觉前，我闻到了一股乙醚的气味。

*　　　　*　　　　*

我不时地试图睁开眼睛，但又重新陷入半睡眠的状态。后来，我隐隐约约想起了那次意外事故，我想转过身来，证实一下她是否一直呆在另一张床上。但是，我一点儿力气也没有，哪怕是做一个细小的动作，而这样静卧不动却给予我一种满足感。我也想起了那个黑色的大嘴套。无疑，这是乙醚使我处于这样的状态。我像一块木板仰浮于水面，任凭自己在河里随波逐流。对我来说，她的面庞就像一张大的人体鉴别照片那样清晰：匀称整齐的眉弓，清澈明亮的眼睛，金黄色的头发，前额、颧颊上和面颊凹处的伤口。在我似睡非睡、迷迷糊糊的时候，棕色头发的壮汉递给我一张照片，问我“是否认识这个人”。我很惊讶，我居然听见他在讲话。他不断地用报时钟那样金属般的嗓音重复这个问题。我细细端详这张面庞，我心想，是的，我认识这个“人”。要不然，就是我曾经与某个与之相像的人交错而过。我不再感觉到左脚的疼痛。那天晚上，我穿着那双旧的橡胶底无带低帮皮鞋，皮挺硬的，我用剪刀把鞋帮的上端剪开，因为鞋太窄，弄得我脚背生痛。我想到那只丢失的鞋，那只被遗忘在人行道中间的鞋。在发生撞击时，我回想起很久以前被轧死的狗，而现在，我又看到了房前那呈斜坡的大街。那条狗溜出去，要到大街那头的某个地方去。我怕它迷路，于是，我就在我房间的窗前窥视着它。这经常是在傍晚时分，而且，每次它都慢慢地走上大街。为什么现在这个女人同一幢我童年时曾在那儿度过一段时光的房子搅在一起了呢？

我又听见另一个人向我提问题：“您认识这个人吗？”他的声音越来越轻柔，变成了一阵低语，仿佛是贴在我耳边说似的。我继续像木板那样浮在水面，在河里随波逐流，这条河也许就是我们和狗一起顺着它散步的那条河。一些脸庞渐渐地浮现在我眼前，我把这些脸庞同这张人体鉴别照片作比较。是的，她有一个房间，在二层，走廊尽头的最后一间。同样的微笑，同样金黄色，但理得稍微长些的头发。在左边颧颊上有一道横的伤疤，我恍然明白了，在警事应急队的车上，我为什么以为自己认出了她，是因为她脸上受的伤，大概使我想起了这个伤疤，当时，我并没有意识到这一点。

当我有力气翻过身转向她躺着的床的时候，我会伸出手臂，用手按她的肩膀，弄醒她。她大概一直被裹在她那毛皮大衣里。我也许会向她提出所有这些问题。我最终会知道她究竟是谁。

我没看见房间里有什么了不起的东西。在我面前是白色的天花板和窗户。或者更确切地说是一个玻璃窗洞，在它右边，有一根树枝在摇曳。玻璃后面是蓝蓝的天空，天空蓝得如此纯净，我想象外面是一个晴朗的冬日。我仿佛觉得自己置身于某个山区旅馆。当我能够站起身走近窗户时，我将会发现窗户朝向一片雪地，也许是滑雪道的出发点。我不再随着河水漂流，可是，我在雪上滑行，在一道永无止境的平缓的斜坡上滑行，我呼吸的空气中有一股乙醚的凉意。

房间显得比昨晚市立医院的那间更大，尤其是，在候诊室以后把我们带进去的这种斗室里，我根本就没有看见什么玻璃窗洞，哪怕一个小小的窗户也没有。我转过头去。没有行军床，这里，除了我，没有别人。想必把我隔壁的房间给了她，我很快就会有她的消息的。我怕他，那个会把我们俩用手铐铐在一起的棕色头发的壮汉，大概也不像我以为的那样是名警察，我们没有任何必要向他说明情况。他可以向我提所有他想问的问题，询问持续好几个小时，我不再有什么负罪感。我在雪上滑行，冷空气使我微微产生了一种陶醉感。昨天夜里的意外事故并不是偶然事件。它标志着某种断裂。这次撞击另有益处，而且，它发生得很及时，使我重新开始生活。

门在我的左侧，中间隔了一张白色木头的小床头柜。床头柜上放着我的票夹和护照。在靠墙的那张金属椅子上，我看见了我的衣服。椅子脚下则是我那只惟一的鞋。我听见门后传来说话声，一男一女正在心平气和地进行交谈的互相应答的声音。我真地不想起床。我希望尽可能久地延长这休憩时间。我暗自思忖自己是否一直在市立医院里，但是，我觉得并不是那样，因为我周围一片寂静，门后传来那两个人平静的声音几乎没有打扰这片寂静。树枝在窗框里晃动。迟早会有人来看望我，并向我解释。因此，我没有感到一丝不安，我可是一向保持警惕的。也许我这份突如其来的平静，是因为前一天夜里有人让我吸的乙醚，或者是因为另外一种止痛的药。不管怎样，我一直觉得压在我心头的重负已不复存在。我生平第一次感到轻松愉快，无忧无虑，而这才是我真正的天性。窗外蔚蓝的天空使我想起了一个地名：**昂伽迪纳**[①]。我原来总是缺氧，而这天夜里，一位神秘的医生给我仔细检查后我明白了，我必须刻不容缓地动身去昂伽迪纳。

我听见他们在门后的谈话声，而这两个看不见的陌生人的在场使我安下心来。他们呆在那儿也许是为

---

① 六十年代法国冬季运动会的滑雪场。

了照看我。轿车又一次从黑暗中冒了出来，擦过我身旁，紧贴住拱廊，车门打开了，她步履蹒跚地走了出来。当我们坐在大饭店大厅的沙发上，直到她在囚车里紧紧抓住我的手腕时，我都认为，她是喝醉了。一桩不足为奇的平常事故，属于人们在警察局所说的那种“酒后驾驶”。但是，现在，我断定，完全是另一回事。就好像有个人在关注我，而我根本就没意识到，或者，就是命运安排某个人在路上保护我。那天夜晚，时间紧迫。我必须逃离危险，或者警告自己。无疑，因为这个地名：昂伽迪纳，我回想起一幅画面。几年前，我曾看见一个家伙，为了不上前线，去参加那场被人们称作“阿尔及利亚战争”，于是，滑雪时，他沿着一条很陡峭的斜坡滚下来，故意撞到一栋木屋的墙上，撞断了腿。总之，那天，他想要挽救自己的生活。而我，显然，我的腿并没有摔断。多亏了它，我才能轻而易举地脱了险。这令人震惊的事件是必然的。它使我能够好好反思，直到那时我的生活究竟怎样。我不得不承认，我“正走向灾难”——按照我曾听到的有关我的说法。

我的目光再一次投向椅子脚边的鞋，这只我从中间剪开的粗笨的低帮皮鞋。在把我安置到床上前，脱掉这只鞋的时候，他们一定感到很惊奇。他们好心地把它和我的衣服放在一起，而且把我现在穿的这套蓝底白条的睡衣裤借给我。如此多的关怀从何而来呢?毫无疑问,是她向他们作了指示。我不能把我的眼睛从这只鞋挪开。以后,当我的生活有了新的进展的时候,它始终应该在我的视野里,显眼地放在壁炉上,或者在一个玻璃盒里,作为对往昔的纪念。对那些希望更多地知道这个东西底细的人,我会回答他们,这是我父母传给我的惟一的物品;是啊,如同我在记忆中所追溯的那么久远,我总是穿着一只鞋在走路。一想到这些,我就闭上了双眼,在无声的狂笑中,睡意悄然袭来。

* * *

一位护士端着托盘把我叫醒,她说托盘里盛的是早餐。我问她我究竟身在何处,而她对我的无知感到很惊奇。是在米拉波诊所呀。当我想要知道这个诊所的地址时,她只字不答。她面带怀疑的微笑打量我。她以为我在嘲弄她呢。然后,她从白大褂的口袋里拿出一张卡片,仔细地看了看,对我说,我应该"离开是非地"。我反复地问她道:

"这里是什么诊所?"

大地在晃动,我就好像在睡梦中似的。我梦见自己成了一艘正在大海中航行的货轮上的囚犯。我急于重新找到陆地。纳西斯－迪亚兹街，米拉波诊所。我不敢问她这条街是在哪个区。是靠近市立医院那儿吗？她显得急匆匆的样子，没有告诉我任何其他情况，便又把门关上了。他们把我的踝骨、膝盖、手腕和手都上了绷带。我无法屈起左腿，但是，我可以自己穿衣服。我穿上了那只惟一的鞋，暗自思忖，在街上这样走路可是挺困难的，不过，附近总会有公共汽车站或地铁站，我马上就可以到家了。我决定重新躺在床上。我一直有这种惬意的感觉。这种感觉还会持续很长时间吗？我担心，一走出诊所，这种感觉便会荡然无存。我出神地凝视着窗外那一片蔚蓝的天空，深信人们就是把我送到了山区。我避免走近窗户，生怕感到失望。我想尽可能长久地保持这一错觉，即米拉波诊所处于昂伽迪纳的冬季体育运动场的这个错觉。门打开了，护士出现在门口。她提着一个塑料袋，把它放在床头柜上，然后，一言不发，像一阵风似的走了。塑料袋子里装着我丢失的那只鞋。他们竟然费神去那儿人行道上把它找来。不然，就是她要求他们这样做的。对我如此留意使我很吃惊。现在，再没有什么阻止我“离开是非地”了——就像护士曾经说过的那样。我真想到户外走走。

走下那宽大的楼梯时，我的腿有些瘸，于是，我抓住扶手。到了大厅,我准备从其中一道打开的单扇玻璃门出去,这时,我瞅见了那个棕色头发的壮汉。他正坐在一张软垫长凳上,他向我挥臂示意,站起身来。他依然穿着那天夜里穿的大衣。他把我一直领到接待处。有人询问了我的姓名。另一个人就站在我的身旁,仿佛要更好地监视我的一举一动,我打算给他来个不辞而别。尽可能快地离开他。就在这儿,就是在这个大厅里,而不是一会儿到了马路上再甩开他。接待处的女职员给了我一个封好的信封,信封上写着我的姓名。

然后,她给我签署了一张出院卡,递给我另一个信封,一个印有诊所名称的信封。我问她,我是否应该付钱,然而,她告诉我,费用已经结清了。由谁结的账呢?不管怎样,反正我的钱也不够。正当我准备穿过大厅向出口走去时,那个棕色头发的大块头请求我,同他一起在长凳上坐坐。他朝我似笑非笑,我想,这个家伙不一定对我怀有敌意。他交给我两张薄纸,上面有一份用打字机打好的文稿。“报告”——我至今依然记得他当时用的这个词,是的,有关那场撞车事故的“报告”。我还必须在纸的下方签字,他从大衣口袋里掏出一支钢笔,他亲自取下笔套。他对我说,在签字前,我可以把文稿读一读,可是,我太急于到户外去了。我在第一张上签了字。至于另一张，就不必了，这是我应该保留的副本。我把它折起来，放进我那羊皮衬里上衣的口袋里，然后，我站起身来。

他紧紧跟随着我。也许，他想要把我再弄上囚车？在囚车里，我会再见到她，她还是坐在那天夜里同样的位置吗？外面，在那条与沿河街道相连的小街上，只有一辆汽车停在那儿。一名男子坐在驾驶盘前。我吞吞吐吐地向他告辞。如果我突然离去，他会认为我行为可疑，那么，我有可能又被他盯住不放。于是，我就问他，那天夜里的那位女子是什么人。他耸耸肩，对我说，我在那份“报告”里可以看明白，但是，对我，对大家而言，我最好把这件意外事故忘得一干二净。对他来说，“这件事已经了结了”，他的确希望对我也是一样。走近汽车旁，他停下脚步，语气冷淡地问我，我这么走路不会太费劲吧，我是否愿意他把我“带”到某个地方。不，这就不必了。于是，他根本不向我道别，便上了车，坐在司机身旁，猛然砰地把车门关上，汽车朝沿河街道驶去。

*　　*　　*

天气温煦宜人，是一个阳光充足的冬日。我再也没有时间概念了。想必是刚过了中午。我的左腿使我感到有点不舒服。枯叶散落在人行道上。我想象自己正向一条林间小径走去。我的头脑里再也没有“昂伽迪纳”这个词,而是索洛涅这个更悦耳、更深沉的词。我打开信封。信封里装有一沓钞票。没有只言片语,没有丝毫的解释。我在想,为什么给这些钱。也许她注意到我蹩脚的上衣和惟一的那只粗劣的鞋。在这双低帮便鞋之前,我曾穿过一双粗笨的橡胶底系带鞋,甚至在夏天,我也穿着。而我身上穿的这件旧羊皮衬里上衣,至少已经是第三个冬天了。我从口袋里拿出我签了字的那张纸。是一份笔录,更确切地说是事故摘要。这张纸上并没有任何一个警察局的名称,也没有行政格式的样子。“……夜里……一辆湖绿色‘菲亚特’牌轿车……已登记……从卡鲁塞尔公园开来,驶入方尖碑广场……两人被带到‘蕾吉娜’大饭店的大厅……在市立医院急救室……腿部和手臂进行包扎……”没有提到米拉波诊所,我寻思,他们什么时候,而且是怎么样把我送到那诊所去的。我的姓名出现在这份叙述事实的摘要上,还有我的出生日期和我从前的地址。他们一定是在我的旧护照上得知这些情况的。她的姓与名被记在上面:雅克琳娜·博塞尔让,还有她的地址:阿尔博尼公园广场,但是他们忘记写明门牌号。我手头从来没有拥有过如此大的一笔钱款。我也许更喜欢看到她留下一封短信,但是,撞车事故之后,她可能根本不宜写字。我料想到,那个棕色头发的壮汉处理所有这一切。他也许就是她的丈夫。我尝试着回忆,他是什么时候出现的。她独自一人在汽车里。后来,在大饭店的大厅里,他朝我们走来,当时我们俩正并肩坐在长沙发上等候。当然,因为我受了伤,他们想要赔偿我,而且,一想到这场车祸可能会严重得多,他们就感到十分内疚。我希望让他们放心。不,不用为我操心。印有诊所名称的信封装着一张由“贝松大夫”签字的处方,规定我必须定期更换“绷带”。我又数了数钞票。在很长一段时间内,不再会有金钱方面的忧虑了。我想起,将近十七岁时最后几次同我父亲见面的情景,在我同父亲见面的过程中,我不敢问他要一点儿钱。生活已经使我们俩彼此疏远,我们相约一大早在咖啡馆见面,那时,天色还黑沉沉的。他穿着翻边处磨得越来越破的衣服,而我们会面的咖啡馆每一次都离市中心更远。我尽力回想,他是否曾经偶尔约我在我现在步行的这一带见面呢。

我从口袋里拿出我签过字的那份“报告”。这么说,她住在阿尔博尼公园广场。我认识这个地方,因为我常常在离那儿很近的地铁站下车。即便没有门牌号,那也无关紧要。有名有姓:雅克琳娜·博塞尔让,我会有办法的。这个阿尔博尼公园广场在稍微靠下的地方，就在塞纳河畔。我现在就在它所处的街区。这就是为什么他们把我送到米拉波诊所。毫无疑问，她熟悉这个诊所，是的，是她主动做了这些事情。或许，她亲朋好友中的某个人到市立医院来找我们。在一辆救护车里吗？我心想，到了下一个电话亭，我就去按街名查阅电话簿，或者就打电话给问讯台。不过，不用急。我有时间找到她确切的地址，并去拜访她。我这是合情合理的，她不会为此而不高兴。我可从来没有按过我不认识的人家的门铃，但是，有某些细节要说清楚。即便是在这个信封里放着这一沓钞票，却只字不留，就像扔给乞丐的施舍，有些事还是要弄清楚。夜里，开着车，把某个人撞倒了，生怕万一这个人成了残废，就差人带点钱给他。首先，我并不想要这个钱。我从来没有依靠过什么人，而且在那段时期，我深信，我不需要任何人。我的父母根本不是我的什么靠山，我父亲与我在咖啡馆里少有的约会总是以千篇一律的方式结束：我们站起身，然后，互相握握手。然而，每次，我都没有胆量向他乞求一点点钱。尤其到末了，住到奥尔良门那儿时，原先在香榭丽舍大街时他身上还有的活力和魅力竟荡然无存。有一天上午，我注意到他那件海军蓝色的外套缺了几颗纽扣。

我准备顺着沿河街道一直走到阿尔博尼公园广场。在每幢大楼前,我都要向门房打听,雅克琳娜·博塞尔让住在哪一层。那儿大概不会有很多房子的。我想起了她抓住我手腕的样子,以及她那含讥带刺的微笑,好像我们之间有着一种默契。最好还是先打个电话。不要匆忙行事。在我坐着囚车到市立医院去的路上,我觉得在什么地方已经见过这张面孔,眼下我又有了这种奇怪的感觉。在得知她的电话号码之前,我也许会努力回忆一下。在那个时期,事情还很简单,我尚未经历我生命中的大部分时光,没有太多的阅历。只需回顾一下几年的过程就行了。谁说得准呢?某位雅克琳娜·博塞尔让,或者是叫另一个名字的同一个人,曾经与我萍水相逢。我曾经读到,偶然性只造成为数有限的相遇。同样的处境,同样的面庞又出现了,就像万花筒里的彩色玻璃片,运用镜子的反射作用,给人以错觉,组合是可以变化的,直至无穷。但是,组合是非常有限的。是的,我大概在什么地方读到过这一点,或者是,有一天晚上,博维埃尔博士在咖啡馆里给我们解释过这个问题。可是,我难以长时间地专心思考这些问题,我从来没有感到自己有哲学头脑。突然,我不想穿过格内尔桥,重返左岸,乘地铁或公共汽车回到我那位于绿道街的房间。我打算在这附近再散散步。我必须习惯于腿上裹着绷带走路。在这儿,雅克琳娜·博塞尔让住的区里,我感觉挺好。我甚至觉得这儿呼吸的空气也格外清爽。

在发生这次撞车事故之前，将近一年来，我住在奥尔良门附近绿道街的旅馆里。我很长时间都想要忘记我生活中这一时期，或者，不再想起那些看起来无关紧要的细节。譬如说，我经常在傍晚六点钟与一名男子迎面相交而过，他大概正好下班回家。关于他，我只记得一只黑色的公文包和缓慢的步履。一天晚上，在“大学城”对面的大咖啡馆里，我同我的邻座攀谈起来，我原以为他是大学生。然而，他却在一家旅行社工作。他是马达加斯加人。在我想要扔掉的那些破旧废纸中间，我在一张卡片上发现了他的姓名和电话号码。他名叫卡兹－克鲁采。我对他一无所知。其他的细节嘛……总是一些与我交错而过和勉强说过几句话的人，对我来说，他们始终是不可捉摸的。关于地点，也一样……有一家小餐馆，我有时同父亲一起在那里吃晚饭，就在靠近福煦大街上端，马路左边，后来，我偶然经过这一带时，却徒然地寻找它。我是否在胡思乱想？在一些我不再知道他们名字的人的故乡，有一些别墅，位于我不可能在地图上指定的村落附近；一位我在夜间火车上认识的爱弗丽娜……我甚至按照大概的日子，开始列出了一张所有这些错过的面孔、地点和这些被放弃的计划的清单：我曾经打算在医学院注册，但是，又不了了之。在努力回顾那些对我来说没有结果的事，那些处于悬而未决中的东西的同时，我在寻找借口，寻找遁词。因为，我到了人生渐渐自我封闭的年龄。

我试图重新找回我居住在奥尔良门这个时期的色彩和氛围。灰色和黑色，一种我回顾时感到窒息的气氛，是无尽的秋天和冬天。如果说我在父亲约我最后一次见面的地带受到挫折，这是否是巧合呢？上午七点整，拉罗东德咖啡馆，一幢普通砖楼楼下，这些砖楼构成一个个建筑群，划出巴黎的界线。那儿，是蒙鲁日和刚建成的一段环行大道。我们彼此之间没什么重要的事要说，而且，我知道我们不会再见面。我们站起身，并没有握手，我们一起走出拉罗东德咖啡馆。我看着他穿着海军蓝大衣，朝环行大道渐渐远去而感到惊讶。我在想，他的脚步把他带到哪一个遥远的郊区。是的，今天，我为这样的巧合感到震惊：我居然已经在我们最后几次见面的街区住了一段时间了。不过，当时，我一点儿也没有想到这一点。我有别的操心事。

博维埃尔博士后来也成为这段时期里一个飘忽不定的面孔。我暗自思忖,他是否还健在。也许,他在外省某个城市用另外一个名字,拥有了新的弟子。昨天傍晚,当我回想起这个人,便引发了一阵难以抑制的歇斯底里的笑声。他的确存在过吗?不是因为缺乏睡眠,习惯于误餐和摄取蹩脚药品而造成的幻影吗?当然不是。太多的细节,太多的重要事件都向我证实,在那个时期，一位博维埃尔博士确确实实曾经在十四区的咖啡馆里举行讨论会。

在我发生这场事故之前的几个月，我们在路上交错而过。我必须承认，在市立医院里，当他们往我脸上戴黑色嘴套，让我闻了乙醚气味而入睡的时候，由于“医生”这个称呼，我想到了博维埃尔。我不知道这个称呼与什么相对应，它是大学的一个学位，或者说，它确认医学学业的完成①。我认为博维埃尔在玩弄这一模糊概念，好让人联想他的“教育”包含了广泛的领域，包括医学。

我第一次见到他并不是在蒙帕纳斯附近，当时他正在那儿开会。而是在巴黎的另一头，在右岸。确切地说，是在皮卡尔街和杜埃街交汇的街角处，在这个名叫“无忧”的咖啡馆里。我必须说明我当时所做的事，哪怕很久以后的某一天，再来重新考虑这个问题。按照被称为“夜间目击者”的法国作家的样子，我经常留连于巴黎的某几个街区。夜里，在街头，我觉得自己在感受比另一种更有诱惑力的第二生活，或者，仅仅在梦想这种生活。

时值冬季，将近晚上八点，在我周围没有很多的

---

① 法语中 docteur 有“博士”和“医生”两个意思。

人。我的注意力被坐在一张台子旁的一对男女所吸引:他,四十来岁,一头银色的短发,瘦削的脸庞,明亮的目光。他没有脱掉大衣;她,同样年纪的金发女子。她看上去皮肤白皙,但是,她的脸部轮廓显得生硬。她用一种低沉的,几乎男性的嗓音同他说话,我偶然截取的某几句话,听来她好像是在朗诵,因为她的发音十分清晰。但是,我不知道,在她的举手投足之间,有什么与那时的皮卡尔地区非常一致的东西。是的,起先,我猜想这一对儿是附近某家夜总会的老板。或确切地说,我认为,只是她,才是老板。男子想必比较谨慎。他在听她讲。他从口袋里掏出一只烟嘴,然后下巴微微动了一下,他就把烟嘴塞进了嘴里,我对他故作风雅,矫揉造作的样子感到吃惊。过了一会儿,女人站起身,一个音节一个音节,声音响亮地对他说道:

“下一次,您可得想着点我的备用品。”

这句话引起了我的好奇心。这句话是以生硬、几乎轻蔑的语气说出来的,而那另一个人则温顺地摇摇头。然后,她步伐坚定,头也不回地离开了咖啡馆,而他则好像十分生气。我目送她离去。她身穿一件加有毛皮衬里的风衣。她在左侧人行道取道维克多-玛赛街,我寻思她是否走进“塔巴汗”夜总会里去。可是,不。她不见了。到更远些的旅馆里去了吗?总之,她可能经营一家旅馆，也可能是一家小酒馆或一家化妆品商店。他还坐在桌子旁，低着头，沉思默想，烟嘴吊在嘴角处，就好像刚刚挨了一下。在霓虹灯的灯光下，他的脸上覆盖了一层汗水和某种类似灰色油脂的东西，我在那些女人使之痛苦的男人身上常常注意到这种模样。他也站起身来。他个子挺高，略微有些驼背。透过窗户，我瞧见他步履蹒跚地沿着皮卡尔街走去。这就是我第一次与博维埃尔博士相遇的情景。第二次，那是十几天以后在靠近当费尔－罗什鲁地区的另一家咖啡馆里。巴黎是一个大城市，但是，我相信我们能够在那儿多次遇见同一个人，而且常常在那些似乎最难以做到这一点的场所，如地铁、大街……一次，两次，三次，好像命运——或偶然性——坚持这样，非要诱发一次相遇，把你的生活引向新的方向，然而，你却常常并不响应这一召唤。你不理会这个将永远成为陌生的面孔，你为此而感到宽慰，但也感到后悔。

我走进这家咖啡馆买烟，柜台那儿已经有人排队。尽头，挂钟正指着晚上七点整。挂钟下，一张桌子旁，在红色仿皮漆布的坐席当中，我认出了博维埃尔。他被好几个人围住，不过，他们都坐在椅子上，只有博维埃尔坐在软垫坐席上，仿佛这个比较舒适的位置理所当然应该归于他。灰色油脂和汗水已经从他脸上消失殆尽，烟嘴不再悬在嘴角处。这不再是同一个男人。这一次，他侃侃而谈，他甚至好像在举行讲座，而其他人则认真、专心地在聆听。其中一个人在一本大练习簿上记满了笔记。有一些女孩和一些男孩。那天晚上，我不知道突然产生了什么样的好奇心，毫无疑问，是想要回答我正在考虑的问题：一个人，按照他在皮卡尔或在当费尔－罗什鲁两个不同的地方，他怎么能够如此变化呢？对于巴黎的神秘现象，我总是非常敏感的。

我决定坐在与他们相邻的那张桌子的坐席上，这样离博维埃尔就更加近些。我注意到他们都喝了咖啡，于是，我也要了一杯咖啡。他们没有一个人注意到我。当我拉开桌子时，博维埃尔并没有中断讲话。我被桌子脚绊了一下，跌坐在他旁边的坐席上。我专心地听他讲，但是，我不大明白他所说的。某些说法在他的嘴里和在日常生活中并不是一样的意思。看到他对听众那么具有影响力，我感到非常惊奇。所有的人都怀着钦佩的心情听他讲话，那个拿着大练习簿的家伙不停地用速记法做笔记。他时不时地通过一些晦涩难解的评论诱发他们的笑声，这些评论想必常常被他提到，就像口令一样。如果我有这个勇气，我将会尽量回忆他讲授中最有特点的用语。然而，我对他所运用的词语并不看重。我对这些词语没有任何反应,也没有发现任何灵感。在我的记忆中,它们的音色变得同一架年代久远的羽管键琴的乐音一样尖细而忧伤。此外,既然博维埃尔博士的嗓音再也不能调动它们,那就只剩下一些毫无生气的,我很难理解其含义的词语。我认为博维埃尔多少有一点从心理学和东方哲学那儿借用了这些词,但是,我不太愿意涉足自己不熟悉的领域。

他终于转向我这一边,而且注意到了我的存在。起先,他没有看我,后来,他向听众提了这样一个问题:“你们明白我的意思吗?”然而,眼睛却盯视我。那时,我感到自己融入了这个团体,我暗自思量,对于博维埃尔来说,其他人和我之间是否有所区别。我确信,在这个咖啡馆里,在这同一张桌子的周围,他的听众不断更新,尽管有极少数的忠实信徒——如贴身保镖一样——,平时每天晚上,肯定有好几个小组相继而来。我想,他把所有这些面孔,这些小组都混淆一起。多一个,少一个……而且,他有时好像在对他自己说话似的,只是一名在陌生的观众前念独白的演员……当他觉得他周围的人已高度注意到他的时候,他就用力地吸烟嘴,他猛力地吸,以至他的腮帮子都凹陷了,却没有吐出一口烟,他停顿片刻,以证实所有的人都非常认真地在听他讲话。这第一个傍晚，我是在聚会快结束时到的。过了一刻钟，他就不再讲话了，他把一只薄薄的、式样雅致的黑色公文包——人们在圣奥诺雷区的高级皮件商店里买的那种——放在膝盖上。他从公文包里拿出一本红皮面的记事本。他翻了翻记事本。他对最靠近的邻座，一个脸长得像鹰似的男孩说道：

"下周五，八点，在'择耶尔'。"

那男孩便记在笔记簿里。初看起来，男孩大概是他的秘书，而且，我猜想他负责发通知。博维埃尔站起身来，又一次转向我。他屈尊俯就地冲我微微一笑，也许是为了鼓励我往后参加他们的聚会。以旁听生的身份吗？其他人也都一下子猛地站起身，我也跟着站了起来。外面，当费尔-罗什鲁广场，他站在那群人的中间，他一会儿跟这个说话，一会儿跟那个说话，就像那些有点豪放不羁的哲学教授那样，他们习惯于课后同最有兴趣的学生一道去喝一杯，直到深夜。而我，我就在这个群体中。他们把他一直送到他的车旁。一位我早已注意到的面孔瘦削，表情严肃的金黄色头发的女子在他身旁走着，他好像同她比同其他人更加亲密。她穿着一件与皮卡尔街的那个女人穿的一样颜色的风衣，不过，她的风衣并没有加毛皮衬里。那天晚上，天气很冷。有一阵，他挽着她的胳膊，而其他人似乎对此并不感到吃惊。到达车子前时，他们还交谈了几句。我呆在一边，离他们稍微远些。他把烟嘴放到嘴里的动作并没有那种在皮卡尔街曾使我惊奇的矫揉造作。相反，烟嘴反倒赋予他某种军人般刚毅的东西，他身边围着一群参谋，他向他们传递最后的指令。身穿风衣的金发女子与他靠得如此之近，他们肩挨着肩。她的神情越来越严肃了，好像她要别人保持远距离，告诫他们，她在他身旁可是占有一个特别的位置。

他同这个女子一起上了车，女子砰地一声把车门关上。他向车窗探过身，挥动手臂作告别状，然而，因为，那时候，他那明亮的眼睛正好盯着我，我恍惚觉得他只是在向我道别。我正站在人行道边上，于是，我就向他俯下身去。那女子面带愠色地瞅着我。他准备发动汽车。我感到一阵眩晕。我很想拍打车窗，对博维埃尔说："您没有忘记带备用品吧？"因为，在皮卡尔街的那个晚上，这句话曾使我很好奇。一刹那间突然发现的那么多其他的话语，那么多的面孔，将在你的记忆里，犹如远方闪烁的星星那样熠熠发亮，它们随着你的离去而消失之前，并没有透露出它们的秘密；一想到这句话也会这样始终是一个谜，我便感到空落落的。

我呆在那儿，在人行道上，在这群人中。我感到很尴尬。我不知道对他们说什么好。最后，我对那个长着一张鹰脸的家伙莞尔一笑。也许他比别人更知道底细。我有点出其不意地问他,刚才同博维埃尔一起乘车离去的女子是什么人。他没有表示出什么意外,声音平稳而低沉地回答我,她的名字叫热纳维埃芙。热纳维埃芙·达拉姆。

我尽力回忆发生撞车的那天夜里，那么晚，我在方尖碑广场可能做的事情。我应该确切说明，在那段时期，每当我离开左岸的那些街区，我就感到十分高兴，仿佛我只需穿过塞纳河便可以从我的麻木状态中清醒过来。蓦地，一触即发。最终，我将遇到些什么事情。

我大概过于看重地形学。我常常暗自思忖，在这几年的时间里，为什么我同父亲见面的地点从香榭丽舍大街渐渐挪到奥尔良门。我甚至记得，我在绿道街那家旅馆的房间里铺开一张地图。我用红色圆珠笔打上一些叉号，作为标记。一切都已在一个以星形广场为重心，随着向西延伸的通道直到布洛涅森林的地带开始。然后是香榭丽舍大街。我们不知不觉经过玛德莱娜广场和巴黎林荫大道，悄然向歌剧院区走去。然后，走得更远些，靠近皇宫小区。在好几个月的时间内，我来到"鲁克世界"那儿和我父亲碰头。我想，他总算在这漂泊不定中找到了一个落脚点。我们渐渐走近我力图在地图上划定的界线。我们从"鲁克"走到"科罗娜咖啡馆"，这家咖啡馆位于圣日耳曼－奥赛尔广场和卢浮宫堤街相交的街角。是的，我觉得，那条界线，它就在那儿。他总是约我晚上九点钟在"科罗娜咖啡馆"见面。咖啡馆都快要打烊了。在咖啡馆的尽头，我们是惟一的两名顾客。沿河街道上再也没什么来往车辆，我们听见圣日耳曼－奥赛尔广场的大时钟在每一刻钟报时的钟声。就是在那儿，我第一次注意到他磨损的衣服，海军蓝的大衣上缺少了纽扣。不过，皮鞋擦得锃亮，无可挑剔。我并不想说他像一名失业的音乐家。不，倒更像是关押后放出来的一个"冒险家"。生意越来越难做了。人已失去青春的丰采和机敏。我们从圣日耳曼-奥赛尔广场疲惫地走到了奥尔良门。再往后，十一月里的一个雾蒙蒙——一种橙黄色的雾——的早晨，我最后一次看见他的身影消失在蒙鲁日和夏蒂雍的方向。他径直向这两个地方走去，这两个地方各自拥有一座要塞，从前那里都在拂晓时执行枪决。过了一段时间以后，我常常会逆向沿着这条路走。将近晚上九点，我经“艺术”桥穿过塞纳河，离开了左岸，来到“科罗娜咖啡馆”。但是，这次，我独自一人坐在尽头的一张桌子旁，我不需要寻找字眼跟那个身穿海军蓝大衣的可疑家伙说话了。我开始感到如释重负。在河对面，我已经抛下了一片我曾身陷其中的沼泽地带。我在陆地已经站稳脚跟。这里，灯光更加耀眼。我听见霓虹灯发出嗞嗞的声响。过一会儿，我会顺着一座座拱廊，在露天漫步，一直走到协和广场。夜色清朗，万籁俱寂。美好的前程展现在我的面前。我独自一人在“科罗娜”，我聆听着圣日耳曼-奥赛尔的自鸣钟报时的钟声。我不由自主地想起了上星期我参加的博维埃尔和他弟子的几次聚会。是的，这些聚会总是在当费尔-罗什鲁广场周围的咖啡馆里举行。除了一个晚上，那次在更远些的阿雷齐亚路，“终点站”咖啡馆那儿，我和父亲有时就在那儿见面。那天晚上，我想象他与博维埃尔的会面。两个截然不同的世界。博维埃尔，有点故作庄重，爱摆权威架子，持有学位证书，受到他那“博士”和思想领路人这一身份地位的庇护。而我的父亲，则更喜欢冒险，他惟一的学校就是街头的教育。两个人都是骗子，各有自己的方式。

上一次，博维埃尔散发几份誊印讲义，我从那个鹰脸男孩那儿得知，这些讲义是他在一些我不知道的什么样的大学或高等研究学院里讲授的课程。他们都去听过课，然而，我，说真的，我并不想和其他人一起排排坐，坐在学校的长椅上。对我来说，寄宿学校和兵营生活就足够了。那天晚上，鹰脸在散发讲义，当时，博维埃尔正舒服地坐在仿皮漆布的坐席上，我打手势，委婉表示我不需要讲义。鹰脸便向我投来含有责备意味的目光。我不愿意使他不愉快。于是，我就收下讲义。后来，我在我房间里尝试着阅读这份讲义，可是，看了第一页后，我就无法继续读下去。我仿佛觉得还听见博维埃尔讲课的声音。这个声音既不是男性的，也不是女性的，在这个声音里，有某种滑溜溜的东西，某种冷冰冰、滑溜溜的东西，对我没有丝毫的影响，但是，它会慢慢地、不知不觉地渗透到别人的心中，造成某种类似麻痹的状态，从而置于这个人的控制之下。昨天下午，我想起了他脸部的轮廓，如同照相那样精确：颧颊，深凹入眼眶的一对明亮的小眼睛。活像一个骷髅。厚厚的嘴唇奇怪地往外翻。而嗓音是那么冷,那么滑……我记得,在这一时期,还有其他一些像他那样的骷髅头,某些精神导师,某些思想领路人和一些哲学派别,那些像我这样年纪的人在这些学派里寻找一种政治学说,一种严格的信条,一位使人全心全意效忠于他的最高统领。我再也不清楚,为什么我能够逃脱这些危险。我同别人一样脆弱。没有什么使我真正区别于聚集在博维埃尔周围的这些神经兮兮的听众。我也一样,我需要事物的确实性。究竟是因为什么样的奇迹,我才没有中圈套呢?我把这归功于我的怠惰和缺乏远见。或许也因为某种平庸,使我拘泥于具体的细节。是的,这个男人戴着一条玫瑰红色的领带。而这个女人的香水是以一种宿球类花草为基调。卡尔诺大街呈斜坡状。您是否注意到,傍晚时分,在有些街道上,您满眼都是落日的余辉?有人把我当作白痴。

*　　*　　*

如果我向他们承认我出席聚会的其中一个理由,那么,我就会使他们大大地失望。在他们中间,我已经发现有一个人使我感到比其他人更有意思,是一位名叫埃莱娜·纳瓦希那的女子。一位蓝眼睛的棕发女郎。只有她根本不做笔记。那位总是待在博维埃尔身边的金黄色头发的女人，满怀戒心地打量她，好像她可能成为一名情敌，然而，博维埃尔从来没有注意过她。这个埃莱娜·纳瓦希那，看来不认识小组里的任何成员，而且，不跟他们说话。聚会结束后，我看见她独自一人离开，穿过广场，消失在地铁站出入口。一天晚上，她把一本视唱教本放在膝盖上。散会后，我问她是不是音乐家，然后，我们俩并排而行。她教一些钢琴课，挣钱谋生，但是，她非常希望进音乐学院学习。

那天晚上，我同她一起乘地铁。她告诉我，她住在里昂火车站附近，为了一直陪着她，我就杜撰自己正好在那附近有个约会。多年以后，在当费尔和意大利广场之间这同一条空中地铁线上，片刻间，我曾希望跨越时间的距离，重又坐在咖啡馆的坐席上，坐在埃莱娜·纳瓦希那的身旁。那时，一种十分强烈的空虚的感觉充满了我的心头，为了使自己定下心神，我对自己说，这是因为地铁悬于林荫大道和一排排大楼之上的缘故。一旦地铁线又回到地下时，我就不再会体验到这种眩晕和失神的感受。一切都会恢复正常，回到日复一日的心安理得的单调生活中。那天晚上，车厢里，我们俩周围几乎没什么人。正是高峰时刻之后。我问她为什么参加博维埃尔的聚会。她并不认识他，但读过他写的一篇关于印度音乐的文章，这篇文章开阔了她的视野，但是，这个人却使她有些失望，而且，他“讲授”的内容也与这篇文章不相适应。如果我愿意的话，她会让我读一读这篇文章。

而我，哪一条路把我引向当费尔－罗什鲁地区的群体呢？只是单纯的好奇心。我对博维埃尔感兴趣。我想要知道有关他更多的事情。一位博维埃尔博士的生活可能是什么样的呢？她莞尔一笑。她也对曾对自己提出这个问题。初看起来，他从未结过婚，而且对某几位女学生颇有意思。可是，他究竟是否真的有兴趣呢？她们总是具有同样的体貌特征：苍白的脸色，金黄色的头发，俨然信奉基督教的年轻姑娘的严肃神态，接近于神秘主义。起初，这一点使埃莱娜感到不安。在讨论会过程中，她感觉到有几位年轻姑娘傲慢地盯视她，而且觉得她跟她们不是一个格调的。于是，我就对她说，我们倒是挺合得来。我呢，我也一样，我从来没有感觉到跟什么东西合拍。我想，她大概和我一样，在巴黎感到有点失落，没有什么亲缘关系，尽力寻找一个可能指导自己生活方向的轴心，有时与一些博维埃尔博士们交错而过。在博维埃尔身上发生的一件小事曾使我们俩惊讶不已。在前一个星期的一次聚会，他的脸肿了起来，仿佛有人痛打了他一顿：一只眼睛发黑，而鼻梁上和脖子周围都有一些瘀斑。他对自己身上发生的事情只字不提，而且，为了转移注意力，他显得比平时更加起劲。他同听众们交谈，常常问我们，我们对他所讲的一切是否清楚、明白。在整个讲座过程中，只有鹰脸秘书和那位肤色白皙的金发女子神色不安地盯视他。讲座结束后，金发女子在他脸上敷了块药纱布，他则面带微笑地由她照顾。谁都不敢向他提出哪怕最简单的问题。“您不觉得这有点怪吗？”埃莱娜·纳瓦希那问我，她的语气镇静自若，仿佛看穿了一切似的，如同那些从小就对什么事都司空见惯的人那样。我差一点就要同她谈起，我在皮卡尔见到的与博维埃尔在一起的那个女人，但是，我难以想象这个女人居然这样把他痛打一顿。再说，也没有任何一个女人会这样。不，这想必是某种更加意外、更加复杂的东西。在博维埃尔博士的生活中，有阴暗的部分，也许是一个他认为见不得人的秘密。我耸了耸肩，对埃莱娜·纳瓦希那说，这就是巴黎的秘密中的一个组成部分。

她居住在里昂火车站对面那一大片楼房中。我向她解释，我比约会的时间早到了一个小时。她欢迎我到她家，以免在外面久等。可惜，她的母亲却不能容忍她出其不意地带个人回家，到她们位于埃米尔－吉贝尔街5号的小小的套间来。

* * *

随后的一次聚会时，我重又见到了埃莱娜·纳瓦希那。博维埃尔博士脸上的瘀斑几乎看不见了，他只在左颊上贴了一块小小的橡皮膏。我们始终不知道究竟是谁打了他。他不会透露只字片语。甚至，每次和他一起上车的那位金发姑娘也一无所知，我对此深信不疑。男人们会带着他们的秘密离开人世。

那天晚上，我问埃莱娜·纳瓦希那，她为什么对印度音乐有那么浓厚的兴趣。她告诉我，为了摆脱压在心头的重负，并最终到达人们能够呼吸到纯净而清新的空气的境界，她经常聆听这种音乐。而且，这是一种沉静的音乐。她需要轻松和宁静。我赞同她的意见。我陪她去上钢琴课。她大部分是在七区上课。我就一边漫步，一边等候她，或者，在雨雪天的下午，我就躲进一家最靠近她去上课的那栋大楼的咖啡馆里。每次钢琴课都持续一个小时。她每天有三到四个小时的课。于是，在她上课期间，我就沿着军事学校那些荒废的房屋踽踽独行。我担心自己失去记忆，担心自己迷了路而又不敢问路。行人很少，我能询问他们我该走哪条路吗？一天下午，在塞居尔大街的尽头，到了15区边上，我突然感到惊惶万分。我仿佛觉得自己快融化在这片预示大雪来临的浓雾里。我希望有个人拽住我的手臂，对我说些宽慰的话：

“不，这没什么，我的老兄……您大概缺乏睡眠……去喝一杯白兰地吧……马上就会过去的……”

我尽量回忆一些具体的细节。她对我说，对于钢琴课，她总是不费力气，轻易就安排好了。她让他们学一样的曲子。那首乐曲的名称是胡梅尔[1]的包列罗舞曲。有一天晚上，她在一家餐厅地下室里被我们发现的一架钢琴上弹奏了这首曲子。过一会儿，我会请她用口哨吹胡梅尔的包列罗舞曲给我听听。想必是一个在西班牙旅行过的德国人。我最好还是在她授课的大楼前等着她。奇特的街区……一个琢磨不透的街区，博维埃尔会用他如此冰冷，如此滑溜的嗓音这么说。我沉溺在这样的情绪里是多么懦弱啊……只要在塞居尔－苏福兰交叉路口出现了一点预示雪天的雾霭，就足以使我意志消沉。我真是个卑微的人。这是因为回忆起那天下午，当埃莱娜·纳瓦希那从大楼走出来时下的那场雪，可是，每当我想起这一段生活，我就闻到了雪的气味——更确切地说，一股冻坏你肺部的

---

① 胡梅尔（Johann Nepomuk Hummel，1778—1837），德国著名作曲家，钢琴家。

寒气,而对我来说,它最终与乙醚的气味混淆起来。某个下午,上完钢琴课后,她在一块薄冰上滑了一跤,她摔伤了手。破裂的伤口鲜血淋淋。在稍微远一点的地方,我们找到了一家药房。我要了药棉和一瓶乙醚,而不是九十度的酒精。我不认为这是我故意犯的错误。我们坐在一张长凳上,她打开瓶塞,就在她把棉花浸湿,要敷在伤口处时,我闻到了那么浓烈的乙醚气味,是我从小就那么熟悉的气味。我把蓝色的瓶子放入我的口袋里,但是,这气味却依然在我们周围缭绕。这气味充溢在我们经常歇息的里昂车站一带的旅馆房间内。这是在她回自己的家之前,不然,就是晚上将近九点钟,她来同我见面时。这些旅馆的服务台并不要求顾客出示身份证件。由于临近火车站,来往的人太多了。顾客们在房间里逗留的时间不会很长,火车很快又要把他们带走。昏暗的地方。有人递给我们一张登记卡,我们必须在上面写上我们的姓名和地址,不过,他们从来不会核实这些姓名和地址是否与这些人的护照或身份证相符。总是由我为我们俩填写卡片。我就写上不同的姓名和地址……然而,我同时把这些姓名和地址记录在记事本里,以便下一次变换姓名。我希望把有关我们的线索和出生日期都弄混,因为我们俩还是未成年人。去年,我在一个旧票夹里发现了这页纸，当时我把我们的假身份列成清单写在上面。

乔治·阿卡德：巴黎9区，拉罗什福科路28号。

伊薇特·丹迪亚克：洛吉埃路75号。

安德列·加比颂：马德里，若热·胡安街17号。

让－莫里斯·热德林斯基和玛丽－若斯·瓦思：比亚里兹，卡萨·蒙塔尔沃区。

雅克·皮什：柏林，施特格里兹，奥尔朗街2号。

帕特里克·德·泰鲁阿纳：尼斯，伯辽兹路21号。

苏兹·克莱：阿姆斯特丹，维择尔街98号……

有人告诉我，每家旅馆都会把这些登记卡转交给毒品搜查组。那儿，他们把这些登记卡按字母顺序排列。据说，以后他们就把这些卡片销毁掉，但是，我并不相信这一点。登记卡依然原封不动地躺在柜子里。某个晚上，一名退休的警察，闲得无聊，为打发时间翻阅所有这些老掉牙的资料，偶尔发现了安德列·加比颂或玛丽－若斯·瓦思的登记卡。他暗自思量，为什么三十多年来，这些人总是不住在原地，或地址不详。他永远不会知道真相。很久以前，有一位姑娘教授钢琴课。在我们相见的里昂车站一带的旅馆房间里，我注意到，那儿留下了消极防卫时期的黑色窗帘，然而，那已是战后时期。人们听见走廊里来来往往的脚步声，砰然作响的关门声，不时响起的电话铃声。房间隔墙那头，整夜都有人在说话，嘹亮的嗓音是旅行推销员的说话声，正在没完没了地谈论他们的生意。楼梯上传来了提着行李的人的沉重的脚步声。然而，尽管人声鼎沸，我们俩终于到达她曾跟我谈起的那恬静、安谧的境界，在那儿，空气是那么清新。过了一会儿以后，我感到，从那时起，只有我们俩住在旅馆里，旅馆的客人都已离去。他们到对面的火车站去乘火车。四周是如此安静，以至我竟以为，置身于靠近被大雪隐没的边境线上一个外省都市的小车站。

我记得，撞车以后，在米拉波诊所，我蓦地惊醒，而根本不知道自己身在何处。我寻找床头灯的开关。于是，在过于强烈的灯光下，我认出了白色的墙，玻璃窗户。我尽力重新入睡，可是，尽管我睡意浓重，却又辗转难眠。整整一夜，隔墙后都有人在说话。一个名字不停地被提到，由不同语调的声音说出：雅克琳娜·博塞尔让。早上，我才明白我夜里做梦了。只有这个名字:雅克琳娜·博塞尔让是真实的,因为,在市立医院,当身穿白大褂那个家伙问我们俩是什么人的时候,我亲耳听见从她嘴里说出了这个名字。

有一天晚上,在奥利南机场,我正在等候从摩洛哥回来的朋友。飞机误点了。已经十点多了。通往进港口门的大厅几乎空寂无人。我有一种奇怪的感觉,觉得自己到了一个空间和时间中的真空地带。突然,我听见机场里一个无形的声音重复了三次:“在624号登机门,有人找雅克琳娜·博塞尔让。”我顺着大厅跑了起来。我不知道三十年来她变成什么样子,但岁月已不再重要。我有一种错觉,以为那儿可能还有一个登机门。极少的几位乘客出现在624号门。门前,有一名穿着深色制服的男子在站岗。他语气生硬地问我:

“您有票吗?”

“我找个人……刚才广播……雅克琳娜·博塞尔让……”

最后几位乘客走了。他耸耸肩,说道:

“先生,那个人大概早就登机了。”

我又说了一遍:

“您肯定吗?雅克琳娜·博塞尔让……”

他挡住我,说道:

“先生,您看得很清楚,再也没有任何人了。”

这场事故以前那个阶段中的一切，都在我的记忆中混淆起来。在朦胧的光线下，日子一天天地过去。我期待电压增大，以便看得更清楚。当我今天回想起来，惟有埃莱娜·纳瓦希那的身影凸现于这片浓雾。我记得她的左肩有一颗美人痣。她曾告诉我，她就要动身去伦敦几天，因为有人向她推荐那儿的一份工作，她想去了解一下，这是否真的值得考虑。

一天晚上，我陪她到北站乘坐火车。她给我寄来一张明信片，告诉我她不久就回巴黎。但是，她从来都没有回来。三年前，我接到一个电话。我听见一个女人的声音说道：

“喂……这里是‘帕蓝’旅馆……先生，有人要同您说话……”

“帕蓝”旅馆几乎就在她家的对面，在一条人们能瞧见里昂车站大时钟的小街道上。有一次，我们曾在那儿以伊薇特·丹迪亚克和帕特里克·德·泰鲁阿纳的名义要了一间房。女人的声音在重复说：

“先生，您一直在听吗？我这就递给与您通话的人……”

我肯定是她。我们将再一次在两堂钢琴课之间的空隙时间见面，学生们会练习弹奏胡梅尔的包列罗舞曲，直到课程结束。正如博维埃尔博士喜欢重复说的那样，生活是永无休止的轮回。电话线路上有噪音，很像树叶丛中沙沙的风声。我紧紧握住耳机等待着，以免稍一动弹，就可能把这根历经岁月，绷得紧紧的线拉断。

“先生，您的通话人在同您说话……”

我想我听见有人打翻家具的声音，或者，某个人在楼梯上摔了一跤。

“喂……喂……您听见我说话吗？”一个男人的声

音。我感到失望。电话里总有噼噼啪啪的杂音。

"我是您父亲的一个朋友……您听见我的声音吗?"我徒劳地向他作肯定的回答,他可听不见我的声音。

"居伊·鲁索特……我是居伊·鲁索特……您的父亲也许跟您说起过我……我是您父亲在奥托事务所里的同事……您听见我的话吗?"

他好像为了做做样子而向我提这个问题,其实并不真正关心我听见与否。

"居伊·鲁索特……我们和您的父亲一起有一个事务所……"

我也许可以以为,他从五十年前的香榭丽舍大街的一个酒吧里跟我说话,那儿,喧闹的谈话都是环绕着黑市生意、女人和马匹。声音压得越来越低,只有一些句子的片段传到我的耳旁。

"您的父亲……奥托事务所……遇见……在'帕蓝'旅馆数天……我也许能碰到他……只要告诉他:居伊·鲁索特……奥托事务所……居伊·鲁索特打来的……一个电话……您听见我的话吗? ……"

他怎么得知我的电话号码呢?我的号码并没有在电话簿上。我想象这个幽灵从"帕蓝"旅馆的某个房间打来电话,也许就是从当初伊薇特·丹迪亚克和帕特里克·德·泰鲁阿纳在那儿过了一夜的那个房间。多么奇怪的巧合……然而,这声音已是太遥远了,句子也太不连贯。我暗自思忖,他想要看的究竟是我的父亲,因为他以为我父亲还健在,或者说是我呢。不一会儿,我再也听不见他的声音了。于是,再一次响起了家具被翻倒的声音,或有人在楼梯摔跤的声音。然后,是电话的信号音,仿佛那头已经挂了。已是晚上八点钟,我没有勇气再打电话到“帕蓝”旅馆。我实在感到失望。我希望听到埃莱娜·纳瓦希那的声音。这么长一段时期以来,她可能变成什么样子呢?我最后一次梦见她时,她没有来得及把地址和电话号码给我,这个梦就中断了。

* * *

就在我听见居伊·鲁索特那遥远声音的那个冬天,我遇到了一件意外的事。在三十多年里,人们竭尽全力使自己的生活比早期更平稳、更和谐,但却枉费心机,某个小事故就可能突然把你带回过去。时值十二月。一个星期以来,当我一出门或回到家中时,我注意到有一个女人一动不动地站在离大楼门几米远的地方,或者,站在对面的人行道上。她从来没有在晚上六点前待在那儿。是一位身材高大的女子,身穿翻毛羊皮大衣,头戴一顶阔边帽,肩上挂着一只栗色的挎包。

她目送着我，以一种威胁的姿态，一声不吭地待在那儿。这个女人可能来自于我童年时的哪一个被遗忘的噩梦呢？为什么现在来呢？我探身于窗外。她等候在人行道上，好像在监视着大楼。然而，我没有开房间里的灯，她不可能看见我。这斜挂的大挎包，这帽子和长统靴，看来她就像是军队里的食品管理员，这支军队虽然早已不复存在，却留下了无数尸体。我害怕，从现在起直到我生命的尽头，我住在哪里，她就守候在哪里，而且，对我来说，搬家也无济于事。每次，她都会找到我的新地址。

一天夜里，我比平常回来得更晚，她始终待在那儿，寸步未移。当我要推开大楼门时，她正慢慢地走近我。是个老妇人。她目光严厉地盯视我，仿佛她想要让我对某件事感到羞愧，或者提醒我可能犯过的错误。我默默地顶住这种目光。我终于问自己究竟在什么地方犯有过错。我交叉起双臂，声音平静，一个字一个字地对她说，我很想知道她要我做什么。

她抬起下巴，从她的嘴里吐出一连串辱骂声，不绝于耳。她叫我的名字，并且用“你”称呼我。我们之间难道有亲戚关系？也许我很久以前就认识她了。在路灯的黄色光线下，那顶阔边帽更突出她脸部的生硬，她就像一位名叫莱妮·里芬斯塔尔的蹩脚的德国喜剧女演员。生活和情感都没有对这张木乃伊般干瘪的脸起作用，是的，八十年前任性而淘气的小姑娘如今变得像个木乃伊。那贪婪的双眼一直盯着我，然而，我并不低下我的眼睛。我爽朗地向她微笑着。我觉得她随时准备咬我，并且使我沾染上她的毒液，但是，在这挑衅性的敌意里，有某种虚假的东西，就像一名蹩脚演员那种谈不上细腻的表演。她又对我破口大骂。她靠在大楼的楼门，挡住我的路。我始终对她笑脸相迎，我明白，这样做会越来越激怒她。但是，我并不怕她。孩童时期，夜里一想到有个女巫或死神在打开房间门，就会产生的那种恐惧已消失殆尽。

“夫人，您可以别那么大声讲话吗？”我用一种连我自己都感到吃惊的彬彬有礼的语气对她说道。

她好像也因为我冷静的声音而愣住了。

“请原谅，但是，我不再习惯听像您那样响的说话声。”

我瞧见她的脸一下子崩紧了，她的双眸猛地睁大了。她伸出下巴向我挑战，她的下巴厚实而凸起。

我向她微笑。于是，她向我扑来。她一只手紧紧攫住我的肩膀，企图用另一只手抓我的脸。我想抽出身子，但是，她实在太沉了。渐渐地，我感到童年时的恐惧油然而生。三十多年来，我使我的生活如同法国式庭园那样井然有序。庭园以它的林荫道、草坪和小树林掩盖了一个泥塘,以前,我差一点淹没于这泥塘里。三十年的努力啊。难道这一切都为了某个夜晚让一个美杜莎[①] 在街上等着我,然后,向我扑来……这个老太婆快要把我掐死了。她犹如我童年的回忆一样沉重。一块裹尸布覆盖着我,我怎么挣扎也无济于事。任何人都无法帮助我。稍远处,广场上,有一警察分局,门前有一些治安警察在那儿站岗。一切都会在囚车和警察局里解决。这早就是命中注定的。再说,在我十七岁那一年,因为我的父亲想要摆脱我,人们把我送上警车,而这就发生在教堂那边,就在这儿附近。三十多年无效的努力就是为了在地区警察分局里回到起点。多么令人伤心啊……

"他们活像两个在大街上打架的醉鬼。"其中一名治安警察会这么说。

他们会让我们俩,这老妇人和我,坐在一张长凳上,就像所有那些在夜里大搜捕中被抓住的人一样,然后,我可能必须说出我的身份。有人问我是否认识她。

警察分局局长会对我说:"她说自己是您的母亲,

---

① 美杜莎(又译墨杜萨),希腊神话中蛇发女怪,被其目光触及者便化成石头。

但是，根据她的身份证件，你们之间根本没有任何亲戚关系。而且，您属于生母不明的情况。先生，您现在可以走了。”

这是我十七岁那年，父亲把我交到他手中的同一位局长。博维埃尔博士说得对：生活就是永无休止的轮回。我感到内心涌动着一股被压抑的狂怒，于是，我用膝盖朝那老太婆的肚子迅猛地一击。她的手松开了。我猛烈地推开她。终于，我可以自如呼吸了……我出其不意地遏制住她，她再也不敢靠近我，她纹丝不动地站在人行道边上，用她那双睁大的小眼睛盯着我。现在是她采取守势，严阵以待。她力图向我微笑，绽出一抹与严酷的目光不相符的假惺惺的可怕微笑。我交叉双臂于胸前；她看到微笑并不奏效，就装作在擦眼泪。在我那样的年纪，我怎么可能被这样一个怪物吓着呢？怎么可能一瞬间会相信她还有力量把我压下去呢？警察局的时代已经结束了。

后来，她再也不守在大楼门前，直到今日，她音讯全无。那天夜里，我还在窗后观察她。她似乎一点儿也没有因为我们的殴斗而感到不安。她沿着土堤踱来踱去。在相隔较短的间距里，有规律地来来回回，但是，步履轻快，几乎是军人般的步伐。昂着头，腰板笔挺。她时不时朝大楼正门转过头来，以证实一下是否有人在看。然后，她突然开始一瘸一拐地走路。起初，她仿佛是为了排演而这么练习。渐渐地，她找到了自己的节奏。我目送着她一瘸一拐地远去，慢慢地不见了人影，不过，她过于夸张地在扮演军队食品管理员的角色，仿佛在寻找一支业已溃败的军队。

三年前，差不多就在这老妇人攻击我的那个时期，不过，大约在六月或七月的时候，我顺着拉图内尔堤街行走。那是一个阳光明媚的星期六的下午。我留神细看旧书商们箱子里的书。突然，我的目光落在被一根红色的粗橡皮筋束住的三卷书，书被摆在显眼的位置。黄色的封面，第一卷上用黑色字体印就的作者名和书名引起我一阵心痛，是弗莱德·博维埃尔的《幻想型回忆》。我取下橡皮筋。另外两本博维埃尔的书是《毒品和治疗》与《谎言和供词》。在当费尔－罗什鲁的讨论会期间，他曾多次暗示过这些书。他带着某种讥讽说起这三本难觅的书，说它们是“他年轻时的著作”。书出版的日期印在封面下方，连同出版社的名字：奥·萨勃里耶。是的，那时，博维埃尔想必很年轻，二十二岁，还不满二十三岁。

我买下了这三本书，在《谎言和供词》的衬页上，我发现一则献词：“给热纳维埃芙·达拉姆，本书写于我在她这样的年龄，正值宵禁时期。弗莱德·博维埃尔。”另两本没有献词，但是和第一本一样，在扉页上，用蓝墨水写着“热纳维埃芙·达拉姆”的名字，还有地址，“茹尔丹大街，4号”。这位金黄色头发，皮肤白皙的女子，总是待在博维埃尔的身旁，聚会结束后，上车坐在他旁边的位置，那个长着一副鹰脸的家伙低声告诉我说：“她叫热纳维埃芙·达拉姆，这一切都重现于我的脑海。我问那位书商，从哪儿找到这些书的。他耸耸肩说道：

“哦，有人搬家……”

然而，当我想起热纳维埃芙·达拉姆那湛蓝的眼睛久久凝视博维埃尔，并怀着钦佩的心情听他讲话的样子，我心想，她不可能扔掉这三本书。除非她要与自己的一部分生命断然决裂。要么，她已去世。茹尔丹大街4号。当我住在绿道街那家旅馆的时候,那离我住处就几步远。不过,我不需要去核实什么,我知道,十五年来,那栋楼早已不复存在,而绿道街也已经更换了名字。

我记得,那段时期里某一天,我去乘开往让蒂伊门的21路公共汽车,她正从那栋小居民楼出来,但是,我不敢上前与她交谈。她也在等车,车站上,只有我们两个人。她没有认出我,这是理所当然的。在讨论会上,她只看见博维埃尔,而小组其他成员仅仅是在他投射于四周的光晕里的一些模糊不清的脸庞。

公共汽车起动时,我们是仅有的乘客,我坐在她对面的座位上。我清晰地回忆起几天前鹰脸向我低声说的名字:热纳维埃芙·达拉姆。

她全神贯注地埋头阅读一本用透明纸包着的书,也许,就是博维埃尔题赠给她的,与十肖禁时期的那本书。我的眼睛始终没有离开她。我不知道在哪儿曾经读到过,如果你盯视某个人,哪怕是在背后,他也会意识到。然而,对于她,这却延续了很长时间。当汽车顺着格拉西耶尔路驶去时,她才隐隐约约地注意到我。

"我曾经在博维埃尔博士的讨论会上见到您。"我对她说道。

当我说出这个名字的时候,我觉得赢得了她的好感,但是,她怀疑地看了我一眼。于是,我就寻找字眼,来使她宽心。

“这真是太……”我对她说,“博维埃尔博士能回答人们所考虑的生活中的所有问题。”

我装出一副专注的神情,仿佛只要说出博维埃尔的名字,就足以摆脱滚滚红尘和我们现在置身的公共汽车。她好像放心了。我们拥有同样的精神导师,我们有相同的习惯和秘密。

“您来讨论会很久了吗?”

“有几个星期。”

“您愿意同他有更加私人间的接触吗?”她带着某种优越感向我提这个问题,仿佛她是存在于博维埃尔和他的弟子们之间惟一的中间人。

“不急,”我告诉她,“我更愿意再等等……”

我说话的语气如此严肃,她不可能怀疑我的真诚。她向我莞尔一笑,我甚至以为,在她那双浅蓝色的大眼睛里,看出了对我的某种温情。不过,我并不怎么抱有幻想。我把这归因于博维埃尔。

她戴着一只男式手表,这与她那纤细的手腕形成了对比。黑色的皮表带系得不大紧。在把书放进手提包里时,她的动作过于猛烈。手表一下子滑脱,掉在地上。我弯下身子把它捡了起来。我暗自思量,这大概是博维埃尔的一只旧表。她向他要这个表,戴着它,使自己身上总有一件属于他的东西。我想帮她把皮表带系紧在她手腕上,但是,这表带显然对她是太长了。这时,我注意到在她手腕下部近静脉处,有一个新的伤痕,因为,它还呈现出玫瑰红色,上面有一连串小水泡。我先是有一种很不舒服的感觉。在这晴朗的冬季里的一天,我正陪同一位蓝眼睛的金发女子坐在一辆公共汽车上,而这伤痕与充满阳光的冬日是很不相称的。我是一个渴望幸福,喜欢法国式庭园的平庸的人。常常有一些悲观的念头从我脑海里闪过,不过,并不是出于我的本意。至于她也一样,这或许是一回事。认识博维埃尔之间,她的微笑和眼神都表现出无忧无虑,乐观开朗。毫无疑问,是他使得她失去了生活的快乐。她明白我已经注意到她的伤痕,于是,她把手平放在膝盖上,以掩盖掉这个伤痕。我想同她随便聊聊,说些无关痛痒的事情。她还在大学学习还是已经找到工作了呢?她向我解释,她受雇于一家名为“安泰蓝歌剧”的夜总会,当打字员。突然,她说话神态变得自然朴实,全然没有这种我们提到博士时的紧张和做作。是的,我终于相信,在遇到他之前,她曾是一个十分纯朴的姑娘。我很遗憾,我竟没有在那个时候遇见她。

我问她,她参加讨论会是否已经很久了。将近一年。开初，是挺困难的，她没有领悟到什么重要的东西。她没有任何哲学概念。她获得了中等教育初级阶段毕业证书后，就中断了学习。她认为，她达不到这个水平，而这种感觉把她抛到“绝望的恐慌”之中。她在运用最后几个词时，也许想要让我明白，为什么她手腕上会有伤痕。后来，博士帮助她克服了这种不自信。要战胜对自己自信心的缺乏，是非常艰难的，但是，多亏了博士，她成功地摆脱了这种境遇。她的确非常感谢他，使她终于登上她独自一人永远不可能达到的层次。她在哪里遇见他的呢？哦，在一家咖啡馆。一次回办公室上班前，她正在咖啡馆吃一份三明治。而他则在为给“高等研究学校”上课做准备。当他得知她是一名打字员时，便请求她打一篇文稿。我正要告诉她，我第一次遇见博维埃尔也是在一家咖啡馆。但是，我又害怕触及某个痛苦的话题。她也许了解这个身穿加有毛皮衬里风衣的女人，就是那个说“下一次，您可得想着点我的备用品”的女人。要是那个女人正是手腕伤痕的根源呢？或者，更确切地说，这仅仅是因为博维埃尔以及他的情感生活，我觉得，乍一看，他的情感生活可不同寻常……

我想知道她在哪一站下车。在珀迪尚－达妮埃尔－卡扎诺娃站。我买了一张到卢森堡公园站的票，但这无关紧要。我决定陪着她，直到她下车。她要到“安泰蓝歌剧”夜总会那儿去，可是，她马上又说，她已经辞职不干了。博士答应给她一份“全日制”工作。她将用打字机为他打讲义和文章，负责讨论会的组织工作，召集人员，并兼管要邮寄给各个不同小组的交流材料。她很高兴有一份真正的工作，终于使自己的生活变得有意义。

“那么说，您完全献身于博士吗？”

我脱口说出了这句话，刚一说出，我就后悔不迭。她那浅蓝色的眼睛严厉地盯着我。我想补救我说的蠢话，连忙提出对一般法则的看法。

“您知道，思想上的领导者常常估计不到他们对弟子们产生的影响。”

她的目光变得柔和了。我觉得她不再看我，而陷入了沉思。然后，她问我道：

“这是真的吗？”

在这句问话里，蕴涵着那么多的苦恼、不安和单纯，使我激动不已。一项真正的工作可能最终赋予她的生活以某种意义……不管怎样，她曾经想要结束她的生命，因为，我从她手腕底部的伤痕作出了判断……我希望她能向我吐露隐情。顷刻间，我想象，在这辆公共汽车上，她的面庞渐渐靠近我，并久久地在我耳旁诉说，为的是任何别的人都无法听见。

她又用怀疑的目光打量我。

“我不同意您的看法。”她冷冰冰地对我说，“我，我需要一位思想上的引路人……”

我摇了摇头。我没什么可回答她的。我们到皇宫小区了。公共汽车经过了“鲁克世界”，我曾经常常同我的父亲一起坐在“鲁克世界”的露天座。他也一言不发，我们分手时并不打破沉默。交通发生阻塞。公共汽车停停走走。也许应该利用这个时机，快点向她提些问题，多知道些名叫热纳维埃芙·达拉姆这个人的底细，但是，她好像在思考某些萦绕于脑际的东西。直到珀迪尚－达妮埃尔－卡扎诺娃站，我们彼此没有交谈一个字。然后，我们下了车。在人行道上，她心不在焉地用左手，也就是那只戴着手表而且有伤痕的手与我握手。

“下次讨论会见。”我对她说道。

可是，在后来的讨论会上，她始终不知道我的存在。她往北走上歌剧院大街，很快，我就瞧不见她了。这个钟点，人行道上的人太多了。

这个夜里，我第一次想到我一生中那些最悲惨片段里的一件事。我十七岁时，我的父亲，为了摆脱我，一天下午叫来了警察，囚车在大楼前等着我们。他把我交给区警察分局局长，说我是个“小流氓”。我宁愿忘记生活中这段插曲，但是，就像一颗定时炸弹似的，四十年后，这天夜里的梦中，一个也已经被淡忘的细节和其余的事情都一起重现在我的脑海里，并使我心绪不宁。我坐在警察分局尽头的一张凳子上,我等待着,不知道他们要把我怎么样。我不时地陷入半睡半醒的状态。从午夜起,我便听到有规律地响起了马达声和砰砰作响的车门声。便衣警察把混杂的一群人推进大厅,其中有的人穿着整齐,有的举止就像流浪汉。是一次大搜捕。他们说出自己的身份。然后,渐渐地,他们消失在一个我只瞅见门大开着的房间里。最后出现在打字那个家伙面前的,是一位非常年轻的女子,褐色的头发,身穿一件毛皮大衣。警察好几次都把她姓名拼写错了,而她则不胜厌烦地重复说:雅克琳娜·博塞尔让。

在她走进隔壁房间前,我们的目光相遇了。

我在想，小轿车把我撞翻的那天夜里，我是否并没有送埃莱娜·纳瓦希那到北站去乘火车。遗忘，最终把我们生命中的主要方面，有时，把一些无关紧要的中间画面都侵蚀掉了。在这部老电影里，胶片的发霉部分造成时间的骤变。使我们感到两件相隔几个月出现的事情，是在同一天发生的，甚至是同时发生的。看到这些残缺不全的画面在我们极其混乱的记忆中交相叠印，或者，这些画面在黑洞中央，时而缓缓地相继出现，时而又断断续续，怎么样排出一个最简单的顺序呢？结果，我头晕眼花。

我觉得，那天夜里，我是从北站步行回来的。不然，为什么我会这么晚了还会坐在夜班车车站前的凳子上呢？车站在圣雅克塔花园广场附近。一对男女也在站上等车。男的用威胁的口气同我说话。他要我送他们，他和那个女人，去一家旅馆。那女子默默无言，显得十分窘迫。那男人拉住我的胳臂，企图把我拖走。他把我推向那女人，说道：

"她挺好看，嗯……？你还没有瞧见全部呢……"

我竭力挣脱开身，但是，他实在缠人。每次，他又再拉住我的胳臂。女人脸上露出讥讽的微笑。他大概喝醉了，他的脸靠近我，跟我说话。闻不到他身上有酒精味，但是，却散发出一种奇特的香水味，"森林之水"牌的气味。我用前臂狠狠地推开他。他张口结舌地看着我，显得很失望。

我走到库泰勒里街，那是一条偏僻的斜向小街，恰好在市政厅前面。后来几年里——甚至就在最近——我回到这里，试图弄清楚这条街第一次引起我不安的原因。烦躁不安的情绪始终挥之不去。或者，更确切地说，是滑入一个并行的世界的感觉，而与时间无关。

我只要沿着这条街行走就行了,我懂得,往昔已一去不复返,而我却还不太知道我究竟生活在什么样的现实中。这条街只是一条通道,夜里,各种车辆像龙卷风般过往。是一条被人遗忘的街,任何人从来都没有留意到它。那天夜里,我注意到左边人行道上的红色灯光。那家店叫做“小海湾”。我走了进去。亮光是从天花板上的一盏小油灯洒下的。四个人正围坐在一张桌子旁玩扑克。一名留着小胡子的棕发男子站起身朝我走来。

“先生,用晚餐吗?在二楼。”

我跟着他上楼。那儿也一样,只有一张桌子被四个人占用,两男两女——靠近玻璃窗洞。他向我指了指左边第一张桌子,就在楼梯口那儿。其他人丝毫也没有注意我。他们低声地在说话,一阵悄悄说话声不时地被笑声打断。桌子上,有一些被打开的礼品盒,他们好像在过生日,或许是圣诞前夜的聚餐。红桌布上放着菜单。我念:芳香淡水鱼段汤菜。其他菜名都用极小的字写的,在强烈的,几乎发白的光线下,我无法辨读。在我身旁,他们噗嗤一声笑了出来。

芳香淡水鱼段汤菜。我心想,这个地方的顾客可能是什么样的。是那些在悄声交换地址的某个协会的成员?或者,在这条街上,时光不再流动,而一些迷失的人便这样永久地围着桌子坐着？我不太清楚，我为什么会疲惫地在这儿落脚。毫无疑问，是埃莱娜·纳瓦希那的离去引起了我这种烦躁不安的感觉。再说，正是星期日的夜晚，星期日夜晚总是留下一些奇特的回忆，以及您生活中一些毫无价值的小插曲。必须回到学校或营房。您在一个再也想不起名字的火车站站台上等候。再晚些，您在宿舍的小长明灯蓝色的灯光下，睡得很不踏实。如今，我在“小海湾”，坐在一张铺有红色桌布的桌子旁，菜单上，推荐一份芳香淡水鱼段汤菜。那儿，他们忍俊不禁，噗嗤而笑。其中一名男子戴着一顶黑色的阿斯特拉罕羔皮帽。他的眼镜和瘦削的法国式脸庞与这种俄罗斯或波兰骑兵的帽子形成鲜明的对比。一顶波兰军帽。是的。这就叫做波兰军帽。他弯下身子要亲吻旁边那位金发女子的肩窝，但是，那女子不让他这么做。其他人就哈哈大笑。即便我怀有最好的愿望，我也不可能与他们一起欢笑。我相信，假如我朝他们的桌子走去，他们也不会瞧见我；假如我对他们说话，他们甚至不会听见我说话的声音。我尽量致力于具体的细节。“小海湾”，库泰勒里街 4 号。也许，不安的情绪是起因于这条街的地形位置。它通向塞纳河畔警察局的大楼。这些大楼的窗户里没有一点灯光。为了推迟我将孤零零地待在这个地区的时刻，我依然坐在桌子旁。即使想到夏特莱广场的灯光也没有使我安心。圣日耳曼－奥赛尔倒也并不很远，可是也得走过偏僻的沿河街道才能到达。另一名男子脱下帽子，擦了擦额上的汗。没有人过来拿我点的菜单。再说，我也许根本不能咽下小小的一口。在一家名叫“小海湾”的餐厅里，一份芳香淡水鱼段汤菜……这种杂烩似的菜肴有某种令人不安的东西。我越来越没有把握自己是否能够战胜星期日夜晚的焦虑。

*　　　*　　　*

走出餐厅，我暗自思忖是否不应该再去等夜班车。我一想起将孑然一身回到旅馆房间里，便不由得惊慌失措。我突然觉得奥尔良门街区令人备感凄凉，也许，因为它使我想起了最近的经历：父亲的背影朝着蒙鲁日渐渐远去；人们以为碰上了一支行刑队；我们所有在“择耶尔”、“罗东德”和郊区地铁的“终点站”咖啡馆错过了的约会……这正是我需要埃莱娜·纳瓦希那做伴的时候。和她在一起，我觉得可以安心地回到我的房间，我们甚至可以步行穿过星期日夜晚死气沉沉的街道。我们会比刚才在“小海湾”那个戴波兰军帽的家伙和他的宾客笑得更大声。

为了给自己鼓劲，我对自己说，在奥尔良门街区，一切并不是那样阴郁。夏天，那儿，高大的铜狮子安坐在树叶浓荫下，每当我从大老远处看着它，它显现在地平线上的姿态便使我感到欣慰。它照看着过去，它也关心着未来。这天夜里，铜狮子充当我的方位标。我对这名哨兵无比信任。

我加快脚步到了圣日耳曼－奥赛尔。在我到达里沃里街的连拱廊的时候，当时就像有人猛然把我唤醒一样。"小海湾"……企图亲吻金发女子那个戴着波兰军帽的家伙……顺着长长的连拱廊，我却感到回到了露天。左边是卢浮宫，一会儿就是我童年时代的杜伊勒里王宫花园。我一步步迈向协和广场，同时，我努力推测黑暗中公园铁栅栏后面的东西：最前面一个水池，花木园景，旋转木马，第二个水池……现在，只要走几步就可以呼吸到海的气息。笔直往前走。尽头，那狮子就像哨兵那样安坐在十字路口的中央……那天夜里，城市显得比平时更加神秘。首先，我从未感受过在我周围如此深沉的寂静。居然没有一辆车。过一会儿，我就要穿过协和广场，根本不把红绿灯放在眼里，就好像在穿过一片草地。是的，我又陷入了梦境，不过，比刚才在"小海湾"的梦更加宁静。就在我到达方尖碑广场时，小轿车冒了出来，在感到腿上一阵剧痛的同时，我心想我快醒了。

撞车事故发生后，在米拉波诊所的房间里，我有时间思考一些事情。我首先想起了童年时一天下午被轧死的小狗，然后，那一时期发生的一件事情也渐渐地在记忆中重现。直到那时，我想我一直在回避思考这件事。惟有乙醚的气味有时使我想起了它，这种令人介于阴阳两界的气味把你一直带到生与死之间一个脆弱的平衡点。一股清新的气息和终于在露天自由呼吸的感觉，而不时又有一种裹尸布令人窒息的沉重。前一天夜里，在市立医院，当那个家伙给我脸部罩上嘴套，让我入睡时，我记起了，我曾经经历过这个。同样的夜晚，同样的车祸，同样的乙醚气味。

是在学校门口。院子面向一条稍有些倾斜的林荫大道，道路边上有树和一些房屋，我不知道是别墅，还是农村住宅，还是郊区小屋。在我整个童年里，我曾经在各种各样的地方逗留过，以至我最终都把它们混淆起来。对这条林荫道的回忆，也许同我记忆中的比亚里茨的某条大街或儒伊－昂－若扎斯镇的一条斜街混同一起了。我曾经在同一时期，在这两个地方分别住过一些时候，我想那条狗是在儒伊－昂－若扎斯镇的居尔泽讷博士街上被轧死的。

傍晚时分，我走出教室。大概是冬天。天色已黑。我在人行道等候，有人要来找我。不久，我周围一个人也没有了。校门已关闭。玻璃窗后已不再有一丝亮光。我不知道应该走哪一条街回家。我想穿过林荫大道，但是，我刚一离开人行道，一辆小型卡车猛地一刹车，把我撞倒了。我的踝骨受了伤。他们扶我躺在后面的篷布下。其中一个男人和我在一起。发动机开始运转的时候，一位女子上了车。我认识她。我和她住在同一栋房子里。我又看了看她的脸。她很年轻，大约二十五岁左右，头发是金黄色，或者是浅栗色，面颊上有一块瘢痕。她向我弯下身子，拉住我的手。她气喘吁吁，仿佛刚才跑过步似的。她向我们身旁的男子解释，她之所以来得太迟，是因为汽车发生了故障。她告诉他，“她从巴黎来。”小型卡车在一座花园的栅栏前停了下来。一位男子抱起我，然后，我们穿过花园。她始终拉住我的手。我们走进房子里。我躺在一张床上。一间四面白墙的房间。两名嬷嬷向我俯下身，她们的脸被白色的修女帽箍得紧绷绷的。她们在我的鼻子上放上同市立医院一样的黑色的嘴套。在我入睡之前，我闻到了乙醚这种如阴阳界散发的气味。

*　　　*　　　*

那天下午，我走出医院，顺着沿河街道，向格勒内尔桥走去。我极力回忆，在嬷嬷那儿醒来以后所发生的事情。总之，他们把我带去的那间四周都是白墙的房间和米拉波诊所的那间非常相像。乙醚的气味也同市立医院的一样。这可能有助于我的追索。有人说，气味最能重现过去，而乙醚的气味对我总是产生某种奇特的作用。它甚至就好像是我童年的本真气味，然而，由于它使人处于睡眠状态，而且也消除痛苦，它所显现的画面也就立刻变得模糊不清。毫无疑问，正是这个原因，从我童年起，我的记忆就这么混乱。乙醚既激起我的回忆，却也诱发我的遗忘。

学校门口，带篷的轻型运货卡车，慈善医院……我寻找其他的细节。我瞧见自己在车上，坐在那女子身旁，她打开一扇大门，车子顺着一条小路驶去……她在二楼有一间房，就在走廊尽头的最后一间。但是，这些回忆的片段是那么模糊，我根本无法抓住。只有那张脸和面颊上的伤疤清晰可见，我真的确信那张脸就是那天夜里在市立医院见到的同一张脸。

沿着塞纳河畔堤街走去，我到了阿尔博尼街的街角，正在空中地铁经过的那段拱桥下。而阿尔博尼花园广场则更远些，与阿尔博尼街相互垂直。偶然间，我在一栋巍峨高楼前停下脚步，这栋高楼有一扇黑色铁花装饰的玻璃大门。我非常想跨过通车辆的大门，去询问门房，雅克琳娜·博塞尔让住在哪一层；如果她确实住在那儿，我就去按她家的门铃。但是，这样贸然到别人家里实在不符合我的性格。我从来没有恳求过什么人，也从来没有要求过任何人的帮助。

在校门口发生的和那天夜晚在方尖碑广场发生的撞车之间，已经过了多少时间？将近十五年。警车上的和市立医院的女人都显得很年轻。十五年的时间，并没有很多变化。我拾级而上，一直走到帕西地铁站。

于是,在那个小站的月台上等候列车的时候,我便寻找那些能使我知道阿尔博尼花园广场的这个女人是否就是十五年前同一位女子的痕迹。也许还应该想起那个地方的名字,那儿有学校、慈善医院和一栋我曾住过一段时期,而她在走廊尽头有个房间的房子。这就追溯到在比亚里茨和儒伊－昂－若扎斯镇居住的那段时期。那么,以前呢?在这两段时期之间呢?按照年代顺序,先是比亚里茨,然后是儒伊－昂－若扎斯镇。而离开了儒伊－昂－若扎斯镇以后,就回到了巴黎,回忆就变得越来越清晰了,因为,我已到了被称为“理智之年”的懂事的年龄。惟有我的父亲可能向我提供些模糊的情况,但是,他已销声匿迹。因此,得由我自己来应付,再说,我觉得这也是理所当然的事。地铁将经过塞纳河,开往左岸。它路经一些楼面,其每一个灯光闪耀的窗户,对我来说,也都是一个谜。有一件事使我大吃一惊,撞车前,一个平常的夜晚,我在地铁不期遇上了博维埃尔博士。他对我们的相遇却丝毫没有感到惊讶,他向我解释,在我们的生活中,同样的境遇,同样的面庞常常重新出现。他告诉我,在我们下一次的讨论会上,他将就“永恒回归”这一命题加以发挥。我感觉到,他快要向我推心置腹了。

“您看到我那天古怪的样子,大概很吃惊吧。”他几乎用亲切的目光注视着我。他的脸上,脖颈上已不再有任何瘀斑。

“您瞧,我的小兄弟……有些事情,很久以来我一直在向自己隐瞒……某些我从未在光天化日之下承受过的东西……”

随即,他便恢复镇静。他摇了摇脑袋。“对不起……”

他朝我莞尔一笑。显然,他因为在最后时刻抑制住自己吐露心声而感到宽慰。他过于滔滔不绝地讲些毫无意思的东西,就好像他要毁踪灭迹。他站起身,然后,在皮卡尔站下车。我可有点为他担心。

* * *

那天傍晚,走出地铁,我就到药房去了。我出示诊所给我的那张药方,询问我应该如何敷药。药剂师想要知道我受伤的原因。当我向他解释,我是被一辆汽车撞倒的时候,他对我说道:

“但愿您已经起诉了……”

药剂师一再坚持地问道:

“那么,您起诉了吗?……”

我不敢给他看我在米拉波诊所签过名字的那份文件。我觉得这份文件很奇怪。我打算在自己房间里头

脑冷静地重读一遍。我离开药房时,他对我说道:

“每次都别忘记用红汞对伤口进行消毒。”

一回到旅馆,我便打电话给问讯台,希望得知住在阿尔博尼花园广场的雅克琳娜·博塞尔让的电话号码。但是,查遍这个花园广场的所有号码都没有她的名字。我觉得我的房间好像比往常更小,仿佛我几年不住之后又回来似的,或者,甚至,我是在前世里居住过。是否可能那天的撞车在我的生活中造成了这么一个断裂,从此便存在一个前,一个后呢?我数了数钞票。不管怎么说,我从来都没有这样富有过。有一阵,我把刚从一家书店买来的书转手卖给另一家书店,以赚取一点可怜的利润,这种在巴黎令人疲惫的奔波可以结束了。

我踝骨处感到疼痛。我觉得自己没有勇气去换绷带。我躺在床上,双手交叉枕在脑后,力图思索过去。然而,我没有这个习惯。很久以来,我竭力忘掉自己的童年,我从未体验过对童年的刻骨铭心的怀念。我没有一张照片,没有这个时期的任何有形的痕迹,除了一本疫苗接种手册。是的,仔细想来,校门口,小型货车和嬷嬷的这段插曲发生在比亚里茨和儒伊-昂-若扎斯镇两个时段之间。当时,我大约六岁。儒伊-昂-若扎斯镇之后,就是巴黎和罗迪桥街的市镇小学,然后，进各种各样的寄宿学校，辗转于法国各地简陋的房子：圣洛，上萨瓦省，波尔多，梅茨，重又回到巴黎，直到今天。总之，我生活中的惟一秘密，惟一与别的环节没有关联的，就是这第一次与小型货车及这位少妇，或者说这位年轻姑娘有关的撞车事故，那天晚上，这位姑娘来晚了，"因为，她来自巴黎，而她的车在路上坏了。"为了使这一被遗忘的插曲浮出水面，必须要有那天夜里在方尖碑广场发生的相撞事故。博维埃尔博士对此会怎么想呢？在下一次当费尔－罗什鲁的讨论会中，他是否可能用许多例子中的这一个来阐明"永恒回归"的命题呢？但是，不仅仅如此。我觉得，在我的生活中，有一个裂口正面向未知的境界敞开。

我站起身，我在壁柜最高一层的阁板上，取下一只海军蓝色的纸盒，里面，我放置所有这些后来证明我在人世间逗留的昔日的文件。为申请护照，我刚要求布洛涅－比昂库尔区政府出具的一份出身证明抄件，一份格勒诺布尔学区证明我曾获得业士[①] 学位的证书，一张动物保护协会的会员卡，还有，在我的军籍簿里，有我在比亚里茨的圣马丁教堂受洗礼的证书，以及这份旧的疫苗接种手册。我打开这本手册，平生第一次

① 通过中学毕业会考，取得大学入学资格的学生。

查阅疫苗清单及其接种日期:其中一次是在比亚里茨,由某位名叫瓦拉特大夫为我接种。后来,六个月后,另一种疫苗,正如迪瓦尔大夫的印章显示,是在卢瓦尔-歇尔省的福松波罗那林区接种的。然后,另一种则是很多年后,在巴黎接种……我找到它了,这个标志。这也许是大海捞针,不然,要是我运气好,也许是一条我依靠它可以回顾往事的线索:福松波罗那林区的迪瓦尔大夫。

然后,我把离开诊所时那位壮实的棕发男子交给我的那份有关撞车的报告重读一遍,那位男子留了一份副本。当时,我并没有意识到,这份报告是以我本人名义写的,它这样开始:"我署名……"而其中使用的措辞却让人设想,是我应该对事故负有责任……"在穿过方尖碑广场时,在靠近里沃里街的连拱廊处,朝协和广场走去,我没有注意到牌照号为3212FX75的湖绿色'菲亚特'牌汽车驶来。驾驶者雅克琳娜·博塞尔让小姐试图避开我,以至汽车撞到广场的一根拱廊上……"是的,毫无疑问,这是事实。这辆车车速并不快,我在穿马路前理应先往左看,但是,那天夜里,我正处于精神反常状态。雅克琳娜·博塞尔让。问讯台告诉我,阿尔博尼花园广场没有人用这个名字。但是,也许因为她的名字没有列入电话簿里。我曾问过在这个花园广场里有多少门牌号。十三个。耐心些,我最终会知道她的门牌号。

后来,我离开房间,下了楼,再一次给问讯台打电话。在福松波罗那林区,没有迪瓦尔大夫。我一瘸一拐地一直步行到茹尔丹大街街头的小书店。我在那儿买了一张卢瓦尔-歇尔省的地图。然后,我向后转,朝"巴比伦"咖啡馆的方向走去。我的腿疼痛难忍。我坐在装有玻璃的露天座上的一张桌子旁。见到时钟上指示的时间才晚上七点整,我不由得大为惊讶。我的确为埃莱娜·纳瓦希那的离去感到遗憾。我很想跟什么人说说话。一直走到稍远些的热纳维埃芙·达拉姆住的大楼?可是,如果博维埃尔博士还没有到皮卡尔街那儿的话,她一定同他在一起呢。不应该打扰别人的生活。得了,其实我不会出其不意地去按响热纳维埃芙·达拉姆家的门铃……于是,我摊开地图,我化了好多时间才发现福松波罗那。不过,这件事的确使我很上心,使我忘掉了我的孤独感。阿尔博尼花园广场。福松波罗那林区。我即将得知有关我本人的某种重要东西,而这些东西可能会改变我生活的进程。

堤岸边,阿尔博尼街入口处,有两家咖啡馆相对而开。光顾的人比较多的是右边的那一家,那儿还出售香烟和报纸。我最终询问老板,是否知道本地有一位名叫雅克琳娜·博塞尔让的女子。不,他一点儿印象也没有。就住在附近的一位金发女子。她曾经有过一次撞车事故。不,他不清楚,但是,我也许可以去离这里远些的,那家规模挺大的汽车库打听,就在特罗卡代罗宫花园前的沿河街道上,那个汽车库专营出售美国生产的汽车。他们有不少顾客是在这个街区的。她的脸受伤了?这种事情就更好弄清楚了。去问汽车库里的人吧。他对我的问题并不感到惊讶,他彬彬有礼地回答我的问题,不过说话声音显得有点疲乏,但是,我很后悔在他面前说出了雅克琳娜·博塞尔让的名字。应该等别人自然而然地来顺着你的心思。不能操之过急。我静静地、默默地混迹于人群中。我一直坐在最冷落的桌子旁。然后我等待着。我是属于那种黄昏时分在池塘边停住脚步的人,是在观看死水所有的动静前,让自己的眼睛适应昏暗光线的人。在邻近街道散步时,我越来越确信,我可以不向任何人打听任何东西就能找到她。我正在一个敏感的区域行走,我花了很多时间才进入这里。我在巴黎所走的人生道路,从左岸到樊尚森林、布洛涅森林,我童年的轨迹,从南到北,与我父亲的会面,最近几年里,我自己闲逛、徘徊的癖好,所有这一切都把我引到这塞纳河畔位于山丘坡上的街区,一个我们可能说,它只是个"住宅区"或"没有特色的区”。在我前一天收到的信里,有人约我在这里见面,而十五年内,这封信曾去向不明。不过,对我来说,为时并不太晚:某个人还在这些全都一个模样的窗户中的一扇后面等待着我,这些窗户嵌在这些大楼的墙面上,人们常把这些大楼同别的大楼搞错。

* * *

一天早晨,我坐在右边那家咖啡馆里,咖啡馆坐落在沿河街道和阿尔博尼街交接的街角上,一名男子和另一个人走了进来。我立刻认出那位壮实的棕发男子。他身上那件深色的大衣,就是发生车祸那天夜里和我离开米拉波诊所时他穿的同一件大衣。

我竭力保持镇定。他没有注意到我。我看见他们的背,两个人都坐在柜台边。他们在低声交谈。那另一个人在本子上做笔记,一边听着棕发壮汉对他说的话,一边时不时地摇摇头。我坐在离柜台比较近的桌子旁,但是,我听不见他们说的只言片语。当时,在那女子和我肩并肩坐在大厅的沙发上,而他朝我们走过来的时候,为什么他给我“棕发壮汉”这样一个印象呢?由于撞车产生的冲击力,大概我的视线变得模糊了。我离开诊所的那一天,我的确还没有完全恢复知觉。其实,他的外形倒也不乏某种优雅,然而,他那理得短短的头发,脸部的轮廓,都有点粗俗的东西,使我想起一位我已经忘记名字的美国演员。

我犹豫片刻。还是应该利用机会嘛。我站起身,来到他身旁,把臂肘支在柜台上。他转过半个背对着我,我则弯着身子来吸引他的注意力。倒是那另一个人注意到我想跟他讲话。他一边用手指指着我,一边拍拍他的肩膀。他朝我转过身来。我一声不吭,不过,我不认为这仅仅是因为腼腆的缘故。我正搜索枯肠,寻找字眼。我希望他会认出我来。但是,他用一种惊奇而又厌烦的目光端详我。

“很高兴再见到您。”我说道,一边向他伸出手来。他漫不经心地握握手。

“我们见过面吗?”他皱起眉头,向我问道。

“最近一次见面,就在不久前,在米拉波诊所。”

另一位在一旁也目光冷冷地打量我。

“您说什么? 我不明白……”一丝微笑在他唇边掠过。“您说在哪儿?”

“在米拉波诊所。”

“您搞错了吧……”

他的眼光从上到下地审视我,也许他要估摸一下我对他构成的威胁。他注意到我左脚穿的鞋。因为绷带,我已经把鞋上的裂缝撑大了。要是我没有记错的话，我甚至把绝大部分的皮都割开了，让脚腕儿自在些，我因为裹着绷带而没有穿袜子，就像我们有时因为那些纯种马的娇弱而在它们的脚踝处绑上护带那样。

“就是那场撞车的事故。”我对他说道。可是，他似乎一点儿也不明白。“那天夜里……在方尖碑广场……”他默默地注视着我。我觉得他蔑视我。

“是这样，”我对他说道，“我想知道雅克琳娜·博塞尔让的消息……”

他拿出一支烟放在嘴里，而那另一个人便把打火机递给他，眼睛也一直盯着我。

“先生，我对您所说的一点儿也不明白。”他说话的语气相当轻蔑，是那种用来对付流浪汉或酒鬼的口气。咖啡馆老板走了过来，见我面对一位他觉得应该尊重，甚至害怕的客人采取如此的态度而大为惊讶。的确，在这张面孔和这一头理得短短的棕色头发上，有着某些令人不安的东西。甚至在那有些嘶哑的嗓音里也存在这种让人感到不安的东西。但是，这一切却不能吓唬我。自童年起，我见识过那么多同我父亲在一起的陌生人……这个男人并不比其他人更可怕。

“我还想跟您说……我真的不需要那笔钱……”然后，我从羊皮衬里上衣的衣内袋里，拿出我离开米拉波诊所时他交给我的那一沓钞票，我一直把这笔钱放在身上。他做了个生硬而倨傲的手势。“先生,很遗憾……够了。别再说了……”然后,他就朝他邻座转过身去。他们重又低声交谈起来,根本无视我的存在。我回到桌子旁坐下。柜台后,老板瞅着我,连连摇头,仿佛告诉我,我是个卤莽的人,而我侥幸脱险了。为什么?我倒很想知道原因。

当他们离开咖啡馆的时候,根本就没有瞧我一眼。在玻璃后面,我看见他们俩在沿河街道旁的人行道上行走。我不敢跟踪他们。不,应该慎重行事。我已经后悔在这个男人面前失去了镇定。我也许应该待在自己的座位上,别引起他的注意,而是等他走了以后再跟踪他。然后知道他是什么样的人,并知道他是否能够把我一直带到她那儿。可是,错过了这次机会,我恐怕已经自断退路。

老板待在柜台后,一直面露谴责的神色看着我。

“我大概搞错了人,”我对他说,“您知道这位先生的名字吗?”

他犹豫俄顷,脱口而出,仿佛很不情愿似的答道:“索里耶尔。”

他说,我很幸运,因为这个索里耶尔并没有因为我对他的态度而太恼火。什么态度?那天夜里,一辆车把我撞倒了,而我只是在努力查明并找到驾驶者。我这样做难道不是合情合理的吗？我想我已经成功地说服了他。

他露出了微笑。“我明白……”

“那么,这个索里耶尔究竟是谁呢?”我问他道。

他的笑容变得更灿烂了。我的问题仿佛使他很开心。

“他可不是唱诗班的孩子①,”他告诉我,“不,可不是唱诗班的孩子……”

从他说话那种含糊其词的语气,我意识到我不可能获知更多的东西。

“他就住在这一带吗?”

“他曾经住在这一街区,不过,我想,现在不再……”

“那么,您知道,他是否结婚了?”

“这我可不能告诉您。”

其他顾客的到来打断了我们的谈话。再说,他也不再留意我了。我的确自以为是地相信,他高度重视刚才我同索里耶尔的交谈。顾客们进进出出,他们交头接耳,窃窃私语。偶尔也听见一些大嗓门。甚至,有时候,深更半夜了,不得不求助于警察。在这一片鼎沸

① 此处原文为 un enfant de coeur,意为“唱诗班的孩子”,转义为“天真的人,幼稚的人”。

的喧哗声和来来往往中，人们终于记住了几张面孔，几个名字。但是，用不了很长时间就忘了。

*　　*　　*

我寻思，我也许碰巧会看见那辆车又出现了，它就停在附近。我一直走到沿河街道那儿的大车库，询问加油站里的人，在他的顾客里，他是否知道有一位金发女子曾发生过车祸，并且脸上受了伤。她驾驶的是一辆湖绿色的“菲亚特”。他思索片刻。不，他没有瞧见过。沿河街道上，过往的人和车是那么多……简直就像是一条高速公路。他甚至根本不注意顾客的面孔。太多的顾客。太多的“菲亚特”。而且，那么多的金发女子……我又走到稍远些的特罗卡代罗公园。起先，我认为我是第一次在这公园里漫步，但是，面对水族馆，对童年时代一种非常模糊的记忆油然而生。我买了票，走了进去。我久久地观察着玻璃后面游弋的鱼儿。它们身上鳞光闪闪的色彩使我联想到某种东西。曾经有人把我带到这儿，但是，我无法说出确切的时期。是居住在比亚里茨之前？是居住在比亚里茨和儒伊－昂－若扎斯之间的那一段？或者，是在我还没有完全到懂事的年龄，即回到巴黎的初期？我觉得是和小型卡车在校门口把我撞倒的同一时期。然后，当我默默地观赏鱼儿的时候，我想起咖啡馆老板在我问他这个名叫索里耶尔的究竟是何许人时的回答：“他可不是唱诗班的孩子。”而我，我曾经是唱诗班的孩子，是我一生中惟一的一次。我从未想到过这件事，然而回忆却突然又显露出来。那是在乡村教堂里做午夜弥撒。尽管我竭力追忆所有往事，但这件事只可能发生在福松波罗那林区，那儿有学校，慈善医院和问讯台告诉我不再列入电话簿的某个迪瓦尔大夫。是她，而不是另一个人，把我带往午夜弥撒和特罗卡代罗公园的水族馆。在小型卡车的篷布下，她抓住我的手，她的脸朝我俯下。在这间玻璃鱼缸的灯光闪闪发亮的寂静的大厅里，回忆变得清晰得多了。做完午夜弥撒回来，沿着那条小街，直到住宅大门，一直有人牵着我的手。同一个人。而我在同一个时候来到此地，我观赏着同样的色彩斑斓的鱼儿在玻璃后面静静地滑行。当我听见身后响起的脚步声，当我转过身，看见她恍如昨日那样走过来的时候，我都不会感到惊讶。而且，从福松波罗那林区到巴黎那段路程，我们坐在一辆与在方尖碑广场把我撞倒的一样的车上，就是那辆湖绿色的车。夜里，她始终不停地在巴黎的大街小巷转悠，四处寻找我。

走出水族馆，我感到寒气袭人。公园里的小径上、草地上，缀有一小堆一小堆的白雪。天空清湛、蔚蓝。

我觉得平生第一次看得那么清楚。这湛蓝的天庭，清晰地呈现出夏约宫的身影，这凛凛的寒气，在经年累月的麻木之后……那天夜里的撞车事故发生得真是时候。我需要某种冲击，使我从消沉、麻木的状态中惊醒。我再也不能继续在浓雾中行进……而这一切是在我步入成年的几个月前来临的。多么离奇的巧合。我刚好得到了拯救。这起事故大概是我一生中最具有决定性的事件之一。它使一切恢复了秩序。

学校和带篷轻型运货卡车……我这是第一次回顾往事。为此，必须要有那天夜里的撞击。直到那时，我都是过一天是一天。我好比是在一条薄冰覆盖，简直可以说没有能见度的公路上驾驶的汽车司机。必须避免往后看。也许，我驶上一座过于狭窄的桥。不可能向后转。只要往后视镜看一眼，我就会头晕得要命。但是，今天，我可以毫不惧怕地，从总体上来考虑已经过去的岁月。就好像不是我自己，而是另一个人俯视我的生活，或者，我在发光的屏幕上观察我自己的透视片。一切都是那么清晰，线条是如此精确、如此简练……只剩下最主要的东西：小型卡车，篷布下，朝我俯下的这张脸庞，乙醚，午夜弥撒，以及直通到那栋房子大门的归途；而她的房间就在那栋房子二楼的走廊尽头。

过了比尔－哈坎桥，在一条通往沿河街道的小林荫道上，我发现了一家旅馆。过了三天，我再也不想回到奥尔良门那儿的住处睡觉，于是，我在这“弗雷米埃”旅馆里要了个房间，我暗想其他的顾客是什么样的人。房间比绿道街的那间更舒适，备有电话，甚至带浴室。不过，我能够让自己享有如此的奢华，全靠那个名叫索里耶尔在我离开诊所时交给我，并不许我归还给他的那些钞票。他活该倒霉。我原来这般顾虑重重真是个白痴。总而言之，他不是唱诗班的孩子。

夜里，就在这个房间里，我决定永远不再回到绿道街。我已经带了几件衣服和那个放置旧文件的海军蓝纸盒。我必须承认这样的事实：那儿，将不会留下我的任何痕迹。我根本没有感到伤心，这个想法反而给予我勇气面对未来。我如释重负。

我很晚回到旅馆。我下了楼，经过地铁站，去一家大餐厅里用晚餐。我还记得那个饭店的名字：“帕西舞园”。人并不很多。有几个晚上，只有我一个人和老板娘，一位头发很短的棕发女子，以及身穿快艇驾驶者白色上衣的服务员在那儿。每次，我都希望雅克琳娜·博塞尔让会走进来，然后，向酒吧台走去，就像那三三两两地坐在那里同老板娘攀谈的人那样。我挑选了一个最靠近门口的桌子。那么，我就会站起身，朝她走去。

我都已经决定要跟她说些什么……“我们俩在方尖碑广场曾经有过一次撞车……”只要看我走路的样子就够了。有裂缝的便鞋，绷带……“弗雷米埃”旅馆接待处的那名男子，皱着眉头打量我。我身上穿的那件上衣还有血迹。我感觉到他存有戒心。我预付给他十五天的房租。

但是，“帕西舞园”的老板娘对我的绷带和旧上衣上的血迹并不十分在意。看来，在其他不如这里安静的街区里，她已经见识得多了。酒吧台旁，一只鹦鹉待在一个黄色的大笼子里。数十年后，我翻阅一份这个时期的杂志，在最后一页上，登载着饭店的广告。其中一则映入了我的眼帘：“‘帕西舞园’和它的鹦鹉贝贝儿。每天营业。”一句没有多大意义的话却使我怦然心动。一天夜里，我感到自己如此孤独，因此，我宁愿和其他人　起，坐在吧台旁；我感受到，由于我那件沾上污迹的上衣、绷带和我瘦弱的体格，老板娘心中对我存有某种同情。她劝我喝些维昂多克斯酒。我问了她有关鹦鹉的问题，她对我说：“要是您愿意，您可以教它说一句话……”于是，我思考了一下，最后，发音尽可能清楚地说：“我在寻找一辆湖绿色的‘菲亚特’车。”不消多久，我就教会它说这句话了。它重复的方式则更加短促，更加有力：“湖绿色的‘菲亚特’车”，而且，它的声音比我更尖利，更专横。

“帕西舞园”已不复存在，去年夏天的一个晚上，我乘坐出租车上德莱塞尔大街时，我发觉它已经被一家银行取代了。但是，鹦鹉是很长寿的。也许，三十年后，这个鹦鹉在巴黎另一个街区，在另一家咖啡馆的喧闹声中，还在重复我教的这句话，而没有人明白这句话，也没有人真正在听这句话。只有鹦鹉始终忠实于往昔。

* * *

我把在“帕西舞园”的晚餐延长得尽可能晚。将近十点时，老板娘和她的朋友们都坐在尽头一张桌子旁，就在离吧台和贝贝儿的黄笼子不远处。他们开始打牌。一天夜晚，她甚至向我提议跟他们一起玩儿。但是，这正是我继续寻找的时候。湖绿色的“菲亚特”。

我曾想到，将近午夜时分，当我在这一带踯躅时，也许会有幸偶尔发现这辆车正停在那儿。这个时候，雅克琳娜·博塞尔让应该回家了。我觉得，我最终找到湖绿色的“菲亚特”，是在夜里，而不是在白天。

街头巷尾已夜阑人静，严寒砭骨。当然，我也不时地害怕一辆巡逻的警车会停在我面前，然后，要我出示证件。毫无疑问，我那带有血迹的上衣，有裂缝的便鞋使之显而易见的绷带，都使我看上去像个无赖。再说，我还没到二十一岁，大约还相差几个月左右。但是，幸而，那几天夜里，没有一辆囚车停下来，把我带到最近的警察分局，或甚至带到位于塞纳河畔的那幢少年犯罪刑侦队的黑幽幽的大楼里。

我从阿尔博尼花园广场开始。那里，沿着人行道停放的车辆中，并没有一辆湖绿色的“菲亚特”。我心想，她在她家对面永远也找不到一个空车位，于是，在那一带久久地转来转去，设法泊车。这样，可能把她带到相当远的地方。除非她把车放在汽车库里。在她家附近，德莱塞尔大街那儿有一座车库。一天夜里，我走进这家车库。尽头，一个男子正待在一个四面玻璃的类似办公室的房间里。他远远地瞅着我走来。当我推开门时，他站起身，我感觉到他正严阵以待。这一瞬间，我真后悔没有穿一件新的大衣。我一开始说话，他便有所戒备。一天夜里，一辆汽车把我撞倒了，我差不多可以肯定，那位司机就住在这一带。直到现在，我没有他的任何音讯，然而，我很想同他联系。另外，那是位女司机。是的，阿尔博尼花园广场。一辆湖绿色的“菲亚特”。这位女子的脸部可能已经受伤，而“菲亚特”车也有些损坏。

他查阅办公桌上一本已然打开的登记簿。他把食指放在下唇，慢慢地一页页地翻阅，当我的父亲在“科罗娜”和“鲁克世界”研究那些神秘的案卷时，也常常作出这个动作。

“您说一辆湖绿色的‘菲亚特’？”

他把食指按在一页的中间，指着某个东西，我的心怦怦地跳。确实，有一辆湖绿色的“菲亚特”，登记号……他抬起头，仿佛医生在看病似的，神情严肃地注视着我。

“那是某位叫做索里耶尔的车，”他告诉我，“我有他的地址。”

“他住在阿尔博尼花园广场吗？”

“不，根本不是。”他皱起眉头，仿佛在犹豫是否把地址给我。“您跟我说是个女人。您肯定那是同一辆车吗？”

于是，我把那天夜里发生的事件和盘托出，诸如这个索里耶尔和我们一起坐在警事应急队的车，市立医院，米拉波诊所，以及我离开诊所时，索里耶尔又在大厅等着我，所有这一切，我都一一向他描述一番。但我不愿意同他提及我最近曾在咖啡馆同这个男子相遇，而他却装作不认识我。

“他住在阿尔贝－德慕大街 4 号。”他对我说，“不过，他并不是我们的顾客。他第一次上我们这儿。”

我问他阿尔贝－德慕大街在哪里。就在那儿，沿着特罗卡代罗公园走。在水族馆附近吗？稍微远些。是一条呈斜坡向着沿河街道南下的大街。那辆车已经换了挡风玻璃和一盏头灯，但是，有人在维修还没有全部结束就来把车取走了。是索里耶尔本人吗？他无法告诉我，因为那天他不在，他会去问他的合伙人。他时不时地看一眼我那裂开的便鞋和绷带。“您不是起诉了吗？”他以一种几乎亲切的指责的口气向我提出这个问题，就像那天药房里的药剂师那样。控告谁呢？我惟一应该控告的是我自己。直到现在为止，我一直生活得一塌糊涂。而这次撞车事故把这些年的混乱和不确定划上了句号。是时候了。

“那么，没有索里耶尔夫人的迹象吗？”我问他道，“或者说，一位叫做雅克琳娜·博塞尔让的女人？”

“不管怎样，登记簿上没有。”

“一位脸上有伤痕的金黄色头发的女子呢？您从来没有瞧见她路过这一带？”

他耸耸肩。“您知道，我总是待在办公室里的。除非我回家，我的家在旺沃那儿。您肯定是她驾驶吗？”

我对此绝对肯定。那天夜里，在那个名叫索里耶尔的人朝我们走来之前，在我们上警车之前，我们在饭店大厅的长沙发上并排坐了好久。当然会有个证人。

不过，我不需要什么证人。我只要找到这名女子，和她一起把事情弄清楚就够了，就这些。

“到阿尔贝－德慕大街去看看吧。”他对我说道，“万一他们把‘菲亚特’送来，我就通知您。我怎么同您联系呢？”

我把“弗雷米埃”旅馆的地址给了他。毕竟，这家伙对我并没有恶意。

已近午夜，我一直步行到特罗卡代罗公园。索里耶尔。我重复这个名字……我曾保存我父亲的一个旧地址本，想必放在那个海军蓝的纸盒里。我要查看一下字母S栏①。

我顺着水族馆的小径前行。是的，阿尔贝－德慕大街沿着特罗卡代罗公园，呈缓缓的斜坡朝塞纳河方向南下。4号楼是到达沿河街道前的两栋大楼之一。它坐落在一条小街拐角处，最高一层有一个大阳台。没有任何亮光透出窗户。大楼仿佛已被废弃，无人居住似的。沿河街道上，不时地驶过一辆车。我走近玻璃门，但是，我不敢进去。像我这样的穿着，又是在这样晚的时候，门房必定会把警察喊来。有门房吗？这个索里耶尔住在哪一层呢？我待在公园旁的人行道

① 索里耶尔是以字母S开头。

上，目不转睛地盯住大楼。就是那儿，在其中的某一层，我将获知我生活中某些重要的事件。我觉得，好像在我童年时代的一个下午，我走出水族馆，沿着公园，顺着这条斜坡走。阿尔贝－德慕大街4号。我还是查看一下我父亲的旧地址本，以便核实这个地址是否会出现在哪一页，前面有个名字，是索里耶尔或另外一个名字。也许，福松波罗那林区的那个村落也被记载在上面。我终于知道哪一根纽带把这两个地方连接起来。我大概坐在雅克琳娜·博塞尔让驾驶的湖绿色"菲亚特"或一辆更旧的汽车里，在福松波罗那林区和巴黎之间，走了许多路程。我越是细看那白色的楼面，就越是感觉到早已见过它——一种转瞬即逝的感觉，就像醒来时你不记得的支离破碎的梦境，或者，就像一道月光那样。在奥尔良门的房间里，我不可能会想象到，这个街区和这条阿尔贝－德慕大街对我竟是一个充满磁性的地域。直到那时，我一直待在边缘，在靠近郊区的地方生活，在等待着什么事发生。今天还是这样，在我的梦境里，我回到这些街区，迷失在巴黎边缘的这些庞大的建筑群中。我徒劳地寻找我过去的房间，发生撞车前的那个房间。

我一直步行到沿河街道的街角。那儿也没有湖绿色"菲亚特"。我环顾这一片房屋。也许，她不在。怎样获知索里耶尔的电话号码呢？就那天我所见到的他出现在咖啡馆的样子，这可不是个把自己名字列入电话簿的那种人。

*　　　*　　　*

雷努阿尔街上的药剂师有时好心地给我换绷带。他用红汞对伤口进行消毒，他劝我少走路，而且，要给左脚选一个比这裂开的便鞋更合适的鞋。我每次去都答应他听从他的这些建议。但是，我知道得很清楚，在找到湖绿色的“菲亚特”之前，我不会换掉这只鞋的。

我尽量比前几天少走路，漫长的下午，我就待在“弗雷米埃”旅馆的房间里。我思索着过去和现在。我记下登记在电话簿上的阿尔贝－德慕大街4号住户的名字和电话。

鲍尔歇(J.)：帕西[1] 1351

特罗卡代罗不动产金融公司：帕西 4800

德通勃(J.)：帕西 0397

杜邦(A.)：帕西 2435

戈德温(C.女士)：帕西 4148

格伦伯格(A.)：帕西 0500

---

① 位于电话号码之前，代表这一地区的电话代码。

麦克拉舍兰(G. V.):帕西 0438

没有索里耶尔。我按照号码给每个人打了电话,要求同一位索里耶尔先生和一位雅克琳娜·博塞尔让小姐讲话,但是,这两个名字好像并不能使我的对话者联想起什么。特罗卡代罗不动产金融公司没有人回答。这或许倒是个有用的号码。

我父亲的电话簿放在海军蓝的纸盒里,夹在我那些文件中间。有一天晚上,他把电话簿忘记在咖啡馆的桌子上,我就把它放进我的口袋里。在我们以后的约会中,他从来没有提起过它。看来,这次遗失并没有使他心绪不宁,或者是,他没有想到我拿了这个本子。在他朝蒙鲁日方向走去,消失在浓雾中之前的几个月,我想,所有这些名字对他来说已无足轻重。在字母 S 栏里,没有索里耶尔。在那些地址中间,没有一处提到福松波罗那林区。

有几天夜里,我暗自思忖,这次寻找是否有意义,我为什么这么投入。这是否是我的天真呢?很早的时候,甚至在青少年时期之前,我就有一种感觉,我不是出身低微的人。我想起某个雨天的下午,在拉丁区,一个身穿灰色华达呢风衣,长着络腮胡子的家伙分发的纸张。那是有关青年时代的调查问卷。我觉得上面的问题很奇怪:您了解什么样的家庭结构?我的回答:一个也不了解。您对您的父母亲保留着强烈的印象吗?我的回答:模糊不清。您认为自己是个好儿子(或女儿)吗?我从来就不是什么人的儿子。在您进行学习过程中,您是否力图保持您双亲的好评并符合您自己的社会地位?没有什么学业。没有双亲。没有社会地位。您更喜欢进行变革,还是欣赏美丽的风景?欣赏美丽的风景。痛苦之深或幸福之轻两者间,您更喜欢什么?幸福之轻。您想要改变生活,或重获失去的和谐?重获失去的和谐。这两个词引起了我的遐想,但是,失去的和谐可能存在于什么东西上呢?在这"弗雷米埃"旅馆的房间内,我自问,尽管我出身卑微,童年生活动荡,我是否没有努力去发现那种令人可以安心的稳固不变的事物,某道宜人的风景,这一切正好能帮助我头脑清醒,恢复理智。也许存在着我并不了解的自己生命中的整整一个部分,一个在流沙下面的坚实的基础。而我指望这辆湖绿色的"菲亚特"和驾车的女子,能让我发现这一点。

* * *

我难以入眠。我很想向药剂师要一小瓶乙醚,我如此熟悉这些深蓝色的小瓶。不过,我及时克制住了。这不是泄气的时候。必须保持我的清醒。在这些不眠之夜，我最后悔的是，把我所有的书都留在绿道街的那个房间里。这一带书店不多。我一直走到星形广场才找到一家书店。我在那儿买了几本侦探小说和一本旧书，书名使我很感兴趣：《天体奇观》。我非常吃惊的是，我竟然无法阅读侦探小说。但是，一打开衬页上印有“晚间读物”这一说明的《天体奇观》，我就猜测这部作品对我究竟有多重要。星云。银河。恒星世界。北极星座。十二星座，遥远的天体……随着一章一章地往下读，我甚至不知道我为什么在这旅馆的房间里，并且躺在这张床上。我已经忘记了我身在何处，在哪个国家，哪个城市，这一切都无关紧要。没有任何麻醉品，无论乙醚，或吗啡，或鸦片都不会给我带来这种渐渐弥漫于我全身心的平静。只需一页页地翻过去。很久以来，有人向我建议读这些“晚间读物”。这的确使我得以避免那些无谓的痛苦和辗转难眠的长夜。银河。恒星世界。终于，在我看来，天际渐渐扩大，直到无限，而且，远远地观看或琢磨所有这些多变的、短促的、黯淡的或隐没的星辰，有一种极其美妙的感受。在这无限之中，我什么也不是，但是，我终于可以感到轻松了。

是这次阅读的影响吗？夜晚，当我在这一带散步的时候，我依然有这种满足感。再也没有任何的焦虑。

我解除了使我感到窒息的外壳。腿上的疼痛再也没有了。绷带松开了，垂在鞋面上。伤口已经愈合。街区和我最初入住时的状况呈现出不同的模样。有几个夜里，天空是如此的明朗，我从未见过那么多熠熠闪亮的星星。要不然，直到现在，我压根儿都不去注意这一切。但在那以后，我读了《天体奇观》。我的步履常常把我带往特罗卡代罗公园的空地。那儿，至少可呼吸到海的气息。我觉得，现在这个地方被几条大街横穿而过，我们从塞纳河经过一些公园，接连不断的阶梯，以及一些活像乡间小路的通道，就可以到达这些大街。路灯的灯光越来越令人目眩。我感到很惊讶，居然没有车辆沿着人行道停放。是的，所有这些大街都阒无人迹，我很容易从老远就发现湖绿色的“菲亚特”。也许，几天夜里以来，已经禁止司机们在周围地区停车。人们决定往后把这一带划为所谓的“蓝色地带”[①]。而我，则是惟一的行人。是否制定了禁止人们晚上十一点以后出门的宵禁令？不过，我对此并不在乎，就好像在我的羊皮衬里的上衣口袋里揣着一张通行证，使我免受警察的检查。一天夜里，一条狗从阿尔玛广场起就跟着我，一直跟到特罗卡代罗空地。它同我童年时

① 即法国大城市内白天停车不得超过一小时的地区。

代那条被轧死的狗一样的黑色，一样的品种。我在右边的人行道上向大街走去。起先，那条狗在我身后十来米远的距离，然后，它渐渐地走近。到了加里拉花园的铁栅栏那儿，我们便并排行走。我不知道在哪儿曾读到过——也许是《天体奇观》里某一页下面的注释——我们可能在夜里的某些时候不知不觉地进入一个并行的世界：一套没有熄灯的空房间，甚至一条死胡同一般的小街。我们在那里发现那些很久以来早已不知去向的东西：一件吉祥物，一封信，一把雨伞，一把钥匙，以及随着生命的流逝而丢失的猫、狗或马匹。我想，这条狗就是居尔泽讷博士街上的那条。

它系着一个红色的皮颈圈，上面挂着一块号牌，我弯下身子，看见号牌上刻有一个电话号码。正因为此，人们可能犹豫，而没有把它送到走失牲畜的待领处去。我呢，我在上衣的内口袋里，总是放着我那本过期护照，我在上面写的出身日期作了手脚，把自己说的大一些，已经是过了二十一岁的成年人了。不过，这几个夜晚，我不再害怕警察的检查。《天体奇观》的阅读的确提高了我的精神境界。从那时起，我都是从很高的高度来观察事物。

这条狗在我前面走。最初，它还转过头来，以便证实一下我是否跟着它，然后，它迈着速度匀称的步伐行走。它确信我的存在。我也按着和它一样的节奏,缓缓而行。没有什么来扰乱这宁静。我觉得小草在铺路石缝间生长。时间仿佛不再存在。这大概就是博维埃尔所称的“永无休止的轮回”。大楼的墙面,树木,闪闪发光的路灯,都赋有一层神秘莫测的色彩,我对它们这一点却从未有所了解。

当我走上特罗卡代罗空地时,小狗踌躇片刻。它好像要继续笔直往前走。后来,它终于跟着我走。我待在那儿,久久地欣赏着下面的花园,水面如磷光般闪闪发亮的大水池,以及塞纳河的那一边,顺着沿河街道和尚德玛斯公园周围耸立的房屋。我想起了我的父亲。我想象他在那边,在某个地方的房间里,或甚至在一家咖啡馆里,正是在咖啡馆关门之前,他独自坐在荧光灯下,正在查看他的资料。也许,我还有机会再见到他。总之,时间似乎已经停顿了,因为这条狗来自于往昔的深处,从居尔泽讷博士街而来。我瞧着它离我渐渐远去,仿佛它不能和我一起待得更久些,不然会失约似的。于是,我紧跟在它身后。它顺着人类博物馆的正面走,然后到威纳兹街。我以前从未取道这条街。如果这条狗把我带往这条街,那就不是什么巧合。我感到已达到目的,并回到了熟悉的场所。然而,窗户里黑魆魆的,我在半明半暗中往前走。我更加靠近小狗,生怕瞅不见它。四周一片岑寂。我听见自己的脚步声。街道几乎成直角拐弯,我思忖,这条街通往《帕西舞园》,这个时候,老板娘和她的朋友们在玩扑克牌,而那鹦鹉则在黄笼子里,无缘无故地反复说:"湖绿色的'菲亚特',湖绿色的'菲亚特'"。过了街角,有一个招牌灯熄灭了。一家餐馆或酒吧打烊了。正是星期天。对于这么一个酒吧来说,开在这里是挺奇怪的,凭着它浅色木头门面和招牌,完全可以在香榭丽舍大街或皮卡尔大街找到更好的位置……

我停下脚步,待了一会儿,我尽力辨读写在招牌上的字,在门的上方写着:"夜航"。然后,我用目光寻找走在我前面的狗。我没有瞧见它。我加快步伐,要赶上它。但是,不行,根本没有它的踪影。我跑了起来,跑到德莱塞尔大街的交叉路口。路灯闪烁着耀眼的亮光,使我不由得觑起双眼。远处没有狗的身影,大街呈斜坡的人行道上也没有,另一头也没有,在我对面,靠近那小小的地铁站和一直南下通往塞纳河的阶梯那儿也都没有。亮光是白色的,一种北极夜的亮光,我会从老远看见这条黑色的狗。可是,它不见踪影了。我体会到一种我很熟悉的空落落的感觉,几天来,由于《天体奇观》那使人平静的阅读,我已经忘记了这种感觉。我很后悔没有记住它颈圈上的电话号码。

*　　*　　*

这天夜里，我睡眠很糟糕。我梦见这条从往昔突然冒出来，而后又消失的狗。早晨，我精神状态良好，而且，我确信，它和我都不再会有任何危险。任何车子都永远不可能压垮我们。

还不到七点。沿河街道上有一家咖啡馆开门营业了，在那儿我曾经遇见博维埃尔。那次，我曾把我父亲的旧地址簿塞进我那上衣的口袋里。我总是在我的口袋里放一些东西：一册《天体奇观》，或米什兰版的卢瓦尔－歇尔省地图。

我坐在靠近玻璃窗户的一张桌子旁。那儿，桥的另一头，地铁列车的车厢一批批地消失。我翻阅电话簿。我读着用不同颜色——蓝的、黑的、紫的——墨水写的名字。紫色的名字好像是最早写的，属于那种更加用心写的笔迹。其中有几个名字已经被划去。使我大为惊讶的是，我注意到有相当多的名字后的地址，就是我现在所待的这一带的街道。我收藏起这本子，并重抄如下：

伊凡·萨珀什尼科夫，保尔－多梅尔大街1号，克莱贝尔7346。

居伊·德·瓦赞，雷努阿尔街23号，雅斯曼3318。

尼克·德·莫戈里,阿尔博尼花园广场 14 号,特罗卡代罗 6581。

托迪·韦纳,施费尔街 28 号,帕西 9090。

玛丽·契尔尼谢夫,帕西堤街 30 号,雅斯曼 6476。

又是帕西堤街 30 号:亚历克西·穆塔法罗,奥特伊 7066……

下午,我出于好奇心,按照这些地址去了几个地方。总是同样的浅色墙面,带有玻璃窗和大阳台,如同阿尔贝－德慕大街 4 号一样。我猜想,有人认为这些楼房拥有“现代化设备”和某些特点:地面取暖,地板不是镶木的,而是大理石铺面,拉门,仿佛是在海上的一艘固定不动的大型客轮上。然而,在这显而易见的豪华背后则是贫困。我知道,自年轻时代起,我的父亲便常常居住在这类房屋里,但他不付房租。冬天,在四壁萧然的居室里,电被切断了。他是那些行踪多变,从来就居无定所,也不留下任何痕迹的过客之一。是的,是那些别人后来难以证实其存在的人。积累确切的详细材料也无济于事:诸如电话号码,院子里标有不同楼层的字母。这就是为什么那天夜里,在阿尔贝－德慕大街 4 号,我感到有些气馁。如果我跨过那扇通车辆的大门,我也许一无所获。正是这一点使我止步不前,而不是怕被人当作二流子追问。我穿过大街小巷,继续寻找,那儿的一切都呈现一种表面的奢华。我觉得,我做的事情同一名想在空地测量登记的土地丈量员所做的一样徒劳无用。然而,我暗自思量:“重新找到某个叫雅克琳娜·博塞尔让的女子,是否真的超越你的能力呢?”

我记得那天夜里，我读到《天体奇观》论述南极星座那一章的中间时，中断了阅读。我走出旅馆，没有把房间钥匙留给服务台，因为那里一个人也没有。我想去买包烟。惟一一家还在营业的咖啡－香烟店位于特罗卡代罗广场。

我从沿河街道登上阶梯，然后，经过那个小地铁站，我以为听见了“帕西舞园”的鹦鹉用它哽住的声音在反复地说:“湖绿色的‘菲亚特’,湖绿色的‘菲亚特’”。玻璃后面还有灯光。他们在打扑克牌。我感到很惊讶,一个冬天的夜晚,却如此温和宜人。前几天,下了雪,下面,人类博物馆前面的花园里还有斑斑点点的残雪。

当我在那家高档咖啡馆里买烟的时候,一群旅游观光客正坐在露天座的桌子旁。我听见他们朗朗的笑声。我很吃惊,人们竟然把这些桌子放在外面,一瞬间,我感到一种眩晕。我暗想,我是否搞错了季节。但是,没有哇,这里,树木已然落叶,还要等待很长的时间,夏季才会回来。几个月以来,我在这样的严寒中,在这样一团我不知道是否有朝一日会散开的浓雾中行走。希望一边用麦管吸橙汁,一边进行日光浴,这是否真的对生活要求太多了呢?

我待了一会儿,呼吸空地上弥漫的海的气息。我想起了那天夜里的那条黑色的狗,它从那么远,越过了多少年月,来到我的身旁……多么愚蠢啊,竟没有记住它颈圈上的电话号码……

和那天夜里一样,我取道威纳兹街。这条街总是半明半暗。也许那儿停电了。我看见酒吧或餐馆的招牌闪闪发亮,但是光线是如此微弱,人们难以看清那一堆车身的阴影,它正好停在这条街拐角前面。当我到了那里的时候,我内心不禁一阵激动。我认出了这辆湖绿色的“菲亚特”。的确,这并不是什么意外,因为,对于找到它,我从来就没有灰心过。必须要有耐心,就是这样,而我觉得自己有着极大的耐心。无论下雨或是下雪,我都准备在街头久久地等候着。

缓冲器和其中一块挡泥板已经损坏。在巴黎,当然有许多湖绿色的“菲亚特”,但是,这一辆明显带有事故的痕迹。我从上衣口袋里拿出我的护照,索里耶尔让我签名的那张纸折叠好了正放在里面。是的,是一样的车牌号。

我仔细察看车的内部。后排座位上有一只旅行袋。我可以在挡风玻璃和刮水器之间留一张便条,写明我的姓名和“弗雷米埃”旅馆的地址。但是,我想要立刻弄个明白,做到心里有数。车恰好停在餐馆前。于是,我推开浅色的木门,走了进去。

亮光从酒吧台后的一盏壁灯洒下,使得两边沿墙摆放的几张桌子置于昏暗中。然而,我却在我的记忆中清楚地看到了这些墙壁,上面张挂着红色天鹅绒帷幔,帷幔已十分陈旧,甚至好几处已被撕裂,仿佛很久以前,这个地方曾经有过富丽堂皇的全盛时期,不过,没有人再来到这里。除了我。当时,我还以为我是在歇业以后进去的。一名女子坐在酒吧台那儿,她身穿

一件深棕色的大衣。一位身材和脸庞都像赛马骑师的年轻人正在清理桌子。他盯着我,问道:

“您要点什么?”

说来话长。我向酒吧台走去,我没有去坐在高脚圆凳上,而在她身后停住了脚步。我把手放在她的肩上,她吓了一跳,回过头来。她眼神惊讶地盯视我。一道长长的伤痕在她前额划过,正是在眉毛上面。

“您是雅克琳娜·博塞尔让吗?”

我对自己竟然用这样冷冰冰的声音提这个问题而感到惊奇,我甚至觉得,是另一个人在替我说话。她默默地打量我。然后,她垂下眼睛,她的目光停留在我那羊皮衬里上衣上的污迹,然后,再往下看,落在我那露出绷带的鞋子上。

“我们已经在方尖碑广场那儿见过面……”

我觉得我的声音变得更加清晰,更加冷漠。我一直站在她的身后。

“是的……是的……我记得很清楚……方尖碑广场……”

她眼睛一直盯住我,并冲我微笑,是带有一点讽刺性的微笑,同那天夜里——我觉得——在囚车里的笑容一模一样。

“也许我们可以坐下来……”

她指指一张最靠近酒吧台的桌子，那张桌子还铺着白色的桌布。我们俩面对面地坐着。她把自己的酒杯放在桌布上。我暗自寻思，里面可能盛的是什么酒。

“您应该喝点什么，”她对我说，“来点提神的……您脸色很苍白……”

她十分认真地说这句话，甚至带有一种体贴的严肃，直到现在为止，谁也没有向我这样表示过。为此，我感到局促不安。

“跟我一样，来杯‘玛加丽塔’……”

那赛马骑师给我拿来一杯“玛加丽塔”，然后，他就从吧台后面的一扇玻璃门走了。

“我不知道您已经离开诊所了。”她对我说，“我有几个星期不在巴黎……我本打算去打听一下您的情况……”

过了几十年之后，我依然觉得，印象最深的是我们面对面坐着的这个地方十分阴暗。我们坐在黑暗中，就好像在眼科医生的诊室里，医生在您眼睛前渐渐地放上不同强度的镜片，使得您最终能够辨认在那一头的发光板上的字母。

“您应该在诊所里待的时间更长些……您溜走了？”

她又微笑起来。时间更长些？我不明白。荧光屏上，字母还是模模糊糊。

“有人叫我出院。”我对她说，“一位索里耶尔先生来找我。”

她好像十分惊奇。她耸了耸肩。

“他没有跟我说起过……我想他怕您。”

怕我？我从来没有想到让什么人害怕。

“他觉得您有点儿古怪……他不熟悉像您那样的人……”

她看上去神情尴尬。我不敢问她，在这个索里耶尔眼里，我究竟古怪在哪里。

“我到诊所去看了您两三次……很不巧，总是在您睡着的时候……”

他们没有告诉我这些来访。突然，我心头闪过一个疑问。

“我在那个诊所里待了很长时间吗？”

“有十几天。是索里耶尔先生想到把您转那儿去的。在您当时的状况下，市立医院无法收治您。”

“到那个地步啦？”

“他们认为您服用了有毒物质。”

她非常着力地说最后两个词。我想我从来没有听见什么人以如此冷静的方式、如此温柔的嗓音对我说话。听她说话有一种如同阅读《天体奇观》一样的令人平静的作用。我的眼睛一直没有离开划过她前额的那道长长的伤痕，正好是在眉毛上方。她清澈、坦然的眼睛，垂落在双肩的栗色秀发，竖立起的大衣衣领……由于时间已经很晚，而我们周围灯火黯然，我发现她就像那天夜里在警车里的模样。

她用食指抚摩眉毛上方的伤痕，然后，又一次浮现出那讽刺性的微笑。

“初次见面，”她对我说，“就撞成这样，这可是有点太厉害了。”

她默默地，眼睛直视着我，仿佛她要猜测我的想法——这种关切，我从来没有在任何人身上遇到过。

“原先，我觉得，您是存心在不适当的时间穿过方尖碑广场。”

这可不是我的看法。我始终抵制眩晕的感觉。我从来都不可能从桥上或窗户的高处纵身而跳。或甚至像她所认为的那样钻到车子下面去。对于我来说，在最后一刻，生命总是最重要的。

“我不认为您那时处于正常状态……”

她的目光又落在我的羊皮衬里上衣和我左脚穿的那只裂开的便鞋。我已经尽我所能重新包扎了绷带，可是，我的样子想必不很动人。我为自己这样装束感到抱歉。是的，当务之急，我得打扮得像个人样。

她低声地对我说道：

“您只要换掉您的上衣。也许，还有您的鞋。”

我越来越信赖她了。我向她坦承，最近几个星期我都在尽力寻找她。只有一条街道名称而没有门牌号，可真不容易找。于是，我就在这一带到处寻找她那辆湖绿色的“菲亚特”。

“湖绿色?”她好像对这个形容词感到挺困惑，可是，这个形容词的个个字母都出现在索里耶尔让我签名的笔录上。笔录？她毫不知情。我一直把它放在我上衣的内口袋里，我便拿给她看。她读这份笔录，一边皱起了眉头。

“我不奇怪……他以前总是疑神疑鬼的……”

“他还给了我一笔钱……”

“这是个大方的人。”她对我说道。

我很想知道她和这个索里耶尔之间究竟是什么关系。

“您住在阿尔博尼花园广场吗?”

“不，这是索里耶尔的一个事务所的地址。”

每次，她提到这个名字，都带着某种敬意。

“那么，阿尔贝－德慕大街呢?”

我好像一名警察，为了让嫌疑犯猝不及防，抛出一个他意料不到的问题，对我来说，这么做是很不光彩的。

“那是索里耶尔拥有的住房之一。”

她一点儿也没有感到局促不安。

“您怎么知道这个地址的呢?”

我告诉她,有一天,我曾在咖啡馆遇见这个索里耶尔,然而,他却装作认不出我来。

“您知道,他是很多疑的……他总以为别人在抱怨他……他有许多律师……”

“是您的老板吗?”

我立刻后悔提了这个问题。

“我为他工作已有两年了。”

她声音平静地回答我的问题,仿佛谈的是某件很平常的事情。当然,这的确是很平常的。为什么要在根本不存在神秘的地方去寻找神秘呢?

“那天夜里,我正好同索里耶尔先生在方尖碑广场那儿的‘蕾吉娜’大饭店有个约会……然后,正在我到达的时候,就发生了……我们那场事故……”

她颇为犹豫地说出最后那个词。她盯着我的左手。那辆车把我撞倒时,我这只手的手背擦伤了。不过,伤口几乎已经愈合。我从来没有在那儿扎绷带。

“那么,要是我理解得对的话,索里耶尔当时来得正是时候啰?”

那天夜里，他迈着缓缓的步伐朝我们走来，身穿一件深色大衣。我甚至在想，他是否嘴角还叼着一根烟。而这位女子同他在饭店大厅有约会……我也一样，我曾同我的父亲在这些饭店的大厅约会见面，这些大厅彼此都很相像，大理石雕像、吊灯、细木护壁板、长沙发，都不伦不类的。在那儿，人们就如同转车时在车站候车室，或接受审讯前在警察分局一样的情景，忐忑不安。

"看来他可不是唱诗班的孩子呢。"

"谁？"

"索里耶尔。"

她第一次真正地显出尴尬的神情。

"他从事什么职业？"

"商务。"

她低下脑袋，仿佛我可能反感这样的回答似的。

"那么，您是他的秘书？"

"您这么说也行……不过，确切地说是半日工……"

这儿，在壁灯灯光下，我觉得，她比在警车里显得更加年轻。那天夜里，大概是毛皮大衣使她显得老气。然而，不管怎样，那次被撞以后，我的脑子就不大灵。那天夜里，我还以为，她有一头金黄色的头发。

“那不是非常复杂的工作吧?”

我的确什么都想知道。时间紧迫。这个时候,他们也许马上就要关餐厅的门了。

“我到巴黎时,学的是护理,”她对我说,然后,她说话越来越快,仿佛急于要对我做出解释。“后来,我就当了……家庭护士……我遇见了索里耶尔先生……”

我不再注意聆听。我问她的年龄。二十六岁。所以,她比我年长几岁。那么,她未必就是福松波罗那林区的那位女子。我尽力回忆那位女子或者说那位年轻姑娘的面庞,当时她登上小货车并抓住了我的手。

“我童年时,曾经遇到过一次事故,同那天夜里发生的撞车很相像。在校门口……”

然而,随着我向她作的叙述,我也越说越快,一个个词争先恐后地往外涌,我们俩好比被放在监狱的谈话间里对质的两个人,只有几分钟,没有时间把一切都说出来。

“我想,小货车上的那位姑娘就是您……”

她纵声大笑。

“但是,这不可能……当时,我才十二岁……”

我一生中一段插曲,一个可能曾爱过我的人的面庞,一所房子,这一切永远都在遗忘和未知中摇曳。

“有个叫做福松波罗那林区的地方……一位迪瓦

尔医生……”

我想我说话的声音非常低，仿佛在说给自己听似的。

“我知道这个地名，”她对我说，“在索洛涅地区。我在这个地区出生。”

我从我那件羊皮衬里上衣的口袋里，掏出米什兰版的卢瓦尔－歇尔省地图，好几天来我一直把它带在身边。我把它摊开在桌布上。她显得局促不安。

“您出生在哪儿？”

“在拉·韦尔萨那。”

我弯下身子看地图。壁灯的光线不够强，以至我无法辨认所有这些用那么小的字体标明的村落。

她也斜着脑袋。我们的前额几乎要碰上了。

“试试看找到布洛瓦市，”她告诉我，“略微往右一点，您就找到尚博尔。往下点，那是布伦林区。然后，布拉西厄……然后，往右，拉·韦尔萨那……”

多亏了标志林区的绿色带，很容易确定位置。有了，我找到了拉·韦尔萨那。

“您估计那儿离福松波罗那远吗？”

“二十来公里吧……”

我第一次在地图上发现它的时候，应该用红墨水把福松波罗那林区的名字划出来。现在，我找不到它了。

“在米朗塞公路上……”她告诉我。

我就寻找米朗塞公路。我终于看清所有这些村落的名字:枫丹-昂-索洛涅,蒙吉戎,马什瓦尔……

“如果您真想去的话,最近的哪一天,我也许可以让您游览一下这个地区。”她对我说道,困惑的目光盯着我。

我又弯下身子看地图。

“还是应该弄清楚从拉·韦尔萨那到福松波罗那的路。”

于是,我重又埋头查看省级公路。我漫无目的地扫过一些村落:勒普莱西,特雷枫丹,布瓦扎迪埃尔,拉·维奥纳……在一条蜿蜒的小路的尽头,我看到了:福松波罗那林区。

“今天夜里去行吗?”

她思索片刻,仿佛觉得我提这个建议是很正常的。

“今天夜里就不去了。我太累了……”

我跟她说我是在开玩笑,不过,我也不能肯定我是否在开玩笑。我无法把眼睛从所有这些小村庄、森林和湖沼的名字那儿移开。我很想身临其境,融合于景物中。在那一时期,我已经感到,一个人没有憧憬,未免贫乏。是一种欠缺。我青春年少时,当我的狗死了,而我不知道把它埋葬在哪里的时候，便意识到这一点。没有一片草地。没有一座村落。没有田地。甚至没有一个花园。我把地图折叠起来，放进口袋里。

“您和索里耶尔住在一起吗?”

“完全不是那么回事。只是，当他不在巴黎时，我来照管他的事务所和住房而已。他因为生意上的事常常出门……”

这就奇怪了，我的父亲也常常因为生意而出门旅行，而且，尽管他约我在那些越来越远的饭店大厅和咖啡馆里见面，但我却搞不懂他究竟做的什么生意。是同索里耶尔一样的生意吗?

“您经常到这儿来吗?”

“不……不经常……这是这一带惟一一家营业到最晚的……”

我提醒她，这里并没有很多顾客，但是，据她说，他们在夜里较晚的时候才来。她告诉我，是些古里古怪的顾客。然而，在我的记忆中，我觉得这个地方根本无人问津。我甚至觉得，这天夜里，她和我，我们俩是被非法接待的。我们坐在那里，面对面，我听见一种宵禁令后被压低的音乐声，人们和着乐曲跳舞，偷偷地感受着片刻幸福时光。

“您不认为在我们如此突然的初次见面之后，我们应该有更充分的了解吗?”

她说这句话的声音非常温和,但是,语调稳重而准确。我曾经看到有人写道,在都兰地区,人们讲的法语是最纯正的。但是,听她说话,我心想,岂不更是在拉·韦尔萨那和福松波罗那林区那边的索洛涅地区。她把手放在我的手上,放在我的左手上,那儿的伤口已经愈合,我不需要用绷带。

*　　　*　　　*

大街上,轻纱般的薄雾已然散尽。汽车的车身在月光下熠熠发亮。我暗想,这莫非是幻景,或者是我刚才喝酒的酒精作用。我轻轻地敲打引擎盖上的车身,以证实自己不是在做梦。

“哪天,我得让人把这整个儿维修一下。”她一边指着被损坏的缓冲器和挡泥板,一边对我说。

我向她承认,正是在汽车库里,有人指点我如何找到她的车。

“您为了一点鸡毛蒜皮的小事可费了老大的劲。”她对我说,“三个星期以来,它就一直停在我家门前……我住在15区的莱昂-吉约花园广场2号……”

那么,我们俩住得并不很远。奥尔良门。旺富门。碰巧的话,我们可能会在那儿,在那周围相遇。这样就会把事情简单化了。我们俩是同一社会阶层的人。

我坐在引擎盖上。

“哎,现在,如果您回15区,请您顺路带我回家,好吗?……”

不行。她告诉我,今天夜里,她必须在阿尔贝-德慕大街的索里耶尔的套间里过夜,而且,要在那儿待一段时间,以免索里耶尔不在时,他的房间空关着,无人居住。而他呢,索里耶尔动身去日内瓦和马德里,进行商务旅行。

“如果我没弄错的话,您的工作是看管和值夜班的人?”

“随您怎么说吧。”

她打开右边的车门,让我上车。这些天来,日日夜夜在这一带游荡之后,我觉得这挺自然的。我甚至深信,我早已在梦中经历过这一时刻。

突然,寒风砭骨,这种干冷使得我们周围一切显得明亮而清晰:路灯的白光,红色交通灯,楼房崭新的墙面。在一片寂静中,我以为听见某个人规则的脚步声,他正渐渐走近我们。

她抓紧我的手腕,就像那天夜里在警车里那样。

“您感觉好点了吗?”

在月光下,特罗卡代罗广场显得比平时更加宽阔,更加僻静。我们慢腾腾地穿过广场，这缓慢的速度使我感到惬意。我确信，如果我注视这些黑糊糊的窗户，我会看透房间里的阴暗，仿佛我能集聚红外线和紫外线似的。不过，我不需要费这个力。只要让自己从那道斜坡滑下来就可以了，那天夜里，我曾和那条狗一起走上那道斜坡。

“我也一样，”她对我说，“我想方设法要再见到您，但是诊所里的人没有您的地址……巴黎是那么大……必须非常留意……像我们这样的人最终都会消失的……”

过了夏约宫，她向右转，我们沿着那似乎被荒废的庞大的建筑物行走。我不晓得自己身在哪座城市，是一座居民刚离弃的城市，然而，这都无关紧要。在这个世界上，我不再是孑然一人。斜坡更加陡峭，往下一直通向塞纳河。我认出了阿尔贝－德慕大街，水族馆附近的公园，以及楼房的白色墙面。她把车停在大门口。

“您也许应该来看看这套间……在最高一层……有一个很大的阳台，能看到整个巴黎。”

“要是索里耶尔突然回来了呢？”

每当我说出这个幽灵的名字，我就情不自禁地想大笑。我只记得那个身着深色大衣的男子，先是在囚车里，后来在诊所的门厅和沿河街道的咖啡馆里。是否值得对他了解得更多些呢？我直观感觉，他跟我父亲，跟我昔日注意到的父亲身边的那些人是一类人。我们对这些人可能一无所知。必须查阅与他们有关的警察调查报告，然而，这些以如此简洁、如此明了的语言写就的报告，却自相矛盾。有什么用？一段时间以来，那么多的事情接二连三地涌现在我可怜的脑袋里，而对我来说，这场撞车事故曾经是这么一件大事……

“什么也不用担心。他不可能现在就回来。即使他回来了，这又不是个坏人，您知道……”

她又放声大笑起来。

“他在这里住了很久吗？”

“我大概无法确切地告诉您。”

她好像很乐于嘲弄我。我提醒她，电话簿里，他不在阿尔贝-德慕大街的地址一栏。

“这真是愚蠢，”她对我说，“您竟然这样费力证实……首先，他不叫索里耶尔。这是他平时用的名字……

“那么，您知道他的真名吗？”

“莫拉乌斯基。”

这个名字有一种熟悉的味儿，但我不知道什么原因。也许，它被记录在我父亲的地址簿里。

“而且，即使在莫拉乌斯基这个名字下，您在电话簿里也找不到任何东西。您认为这真的很重要吗?”

她说得对。我不那么想看电话簿了。

* * *

我记得我们在水族馆附近公园里的小径漫步。我需要呼吸户外的空气。平时,我生活在一种压抑得如窒息的状态中——或更确切地说,我已经习惯于小口小口地呼吸,好像必须节约氧气。尤其是,当您害怕气闷的时候,不能听凭自己惊慌失措。不,要继续有规律地一小口一小口呼吸,等着别人来给您除去这一挤压您肺部的紧身衣,或者,等待这种恐惧感渐渐地自行烟消云散。

但是,很久以来,自福松波罗那林区那一段我已经遗忘的生活以来,这天夜晚,在公园里,我才第一次深深地呼吸。

我们到了水族馆门前。在微弱的光线下,这座建筑物依稀可见。我问她是否参观过水族馆。从来没有。

“那么,这一两天我带您去那儿……”

制订计划是令人鼓舞的。她挽着我的胳膊,我则想象,在黑暗和寂静中,玻璃板后面的这些色彩斑斓的鱼儿就在我们身旁游弋。我的腿在疼痛,我略微有些瘸。然而,她也一样,她的前额有划破的伤痕。我问自己,我们将走向怎样的未来。我感到,在别的时候,我们早已在同样的钟点,在同样的地方,一起行走。沿着这些小径,我不大清楚自己究竟身在何处。我们几乎走到那山丘顶了。在我们上方,是夏约宫黑幽幽的大片侧翼建筑之一。或不如说是昂伽迪纳冬季体育运动场的一家大饭店。我从来没有呼吸到如此寒冷,而又如此宜人的空气。它以如丝般柔和的清凉渗入人的心肺。是的,我们想必是在山上,在高海拔处。

"您不冷吗?"她对我说,"我们也许可以回去了……"

她把翻起的大衣领子裹紧。回到哪里?我踌躇俄顷。是啊,去位于那条南下直到塞纳河的大街边上的房子。我问她是否打算在那儿久住。将近一个月。

"那么,莫拉乌斯基呢?"

"哦……整个这段时间,他都不在巴黎……"

我又一次觉得,我对这个名字很熟悉。我曾听见我父亲口中说出这个名字吗?我想起,一天,从"帕蓝"旅馆给我打电话的那个家伙,他的声音由于杂音的缘故而听不清楚。居伊·鲁索特。他跟我说,我们和您的父亲合开一家事务所。鲁索特。莫拉乌斯基。看来,他也有一个事务所。他们都有事务所。

我问她，平时，她和这个叫做索里耶尔的莫拉乌斯基一起能做些什么。

“我希望知道得更多些。我认为您对我隐瞒了些东西。”

她默默不语。然后，她突然对我说道：

“才不呢，我什么也没有隐瞒……生活比你想的要简单得多……”

她第一次用“你”称呼我。她抓紧我的胳膊，我们沿着水族馆往前走。空气呼吸起来始终还是又冷又清爽。穿过大街前，我在人行道边上停住脚步。我出神地看着大楼前的那辆车。那天晚上，我独自一人来到这里时，我觉得这座大楼渺无人烟，这条大街阒无一人，好像没有人再走过这里。

她又一次告诉我，那儿有一个大阳台，能看见巴黎全景。电梯缓缓上升。她的手搭在我的肩上，她在我耳旁低声说了一句话。定时亮灭灯开关已关闭，在我们的头上，只剩下小长明灯的灯光在闪烁。

Accident
Nocturne